幸福绝非是一种叮咛，

而是一种传达与展示。

除了自己好好工作、好好生活，

紧抓住生活的各种接口，

用最简单的形式表达爱与关怀，

我想不出有任何的方法，

可以培育出一个热情的孩子。

教 养 在 生 活 的 细 节 里

生活即教育

如果家家都有小小厨师

蔡颖卿 著

北京时代华文书局

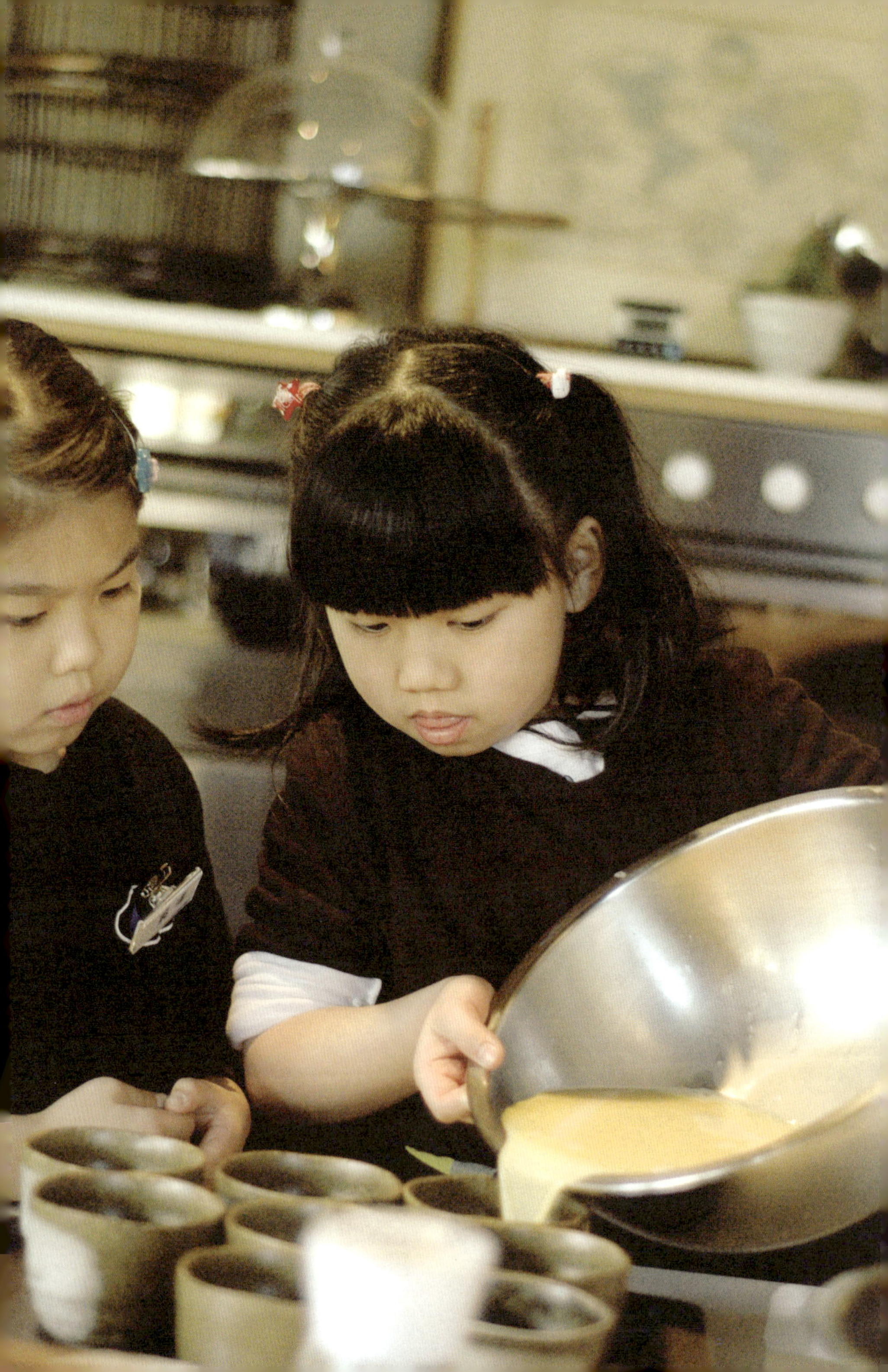

推荐序

让心中感动的涟漪扩大

挚友 / 钟惠苹

在一次电台的专访中，Bubu（蔡颖卿）谈到她是个很有耐心、但同时也很没有耐心的妈妈。她举例：教女儿绑鞋带时，她愿意以几天的时间，清楚而仔细地耐心教导，确定每个步骤女儿全都学会了；而不愿因匆匆教导，日后女儿没有真正明白，她需要一而再地为绑鞋带的事烦心。这次对话令我印象深刻，也看到 Bubu 个性中的某些特色——确实、精准、敏锐、实用。

本书分享的是在小厨师课程里 Bubu 与孩童在教导—学习互动中的观察所感。我们一向重视孩子在课堂上的表现，其实在书本外，动手的过程更能看到孩子的学习是否扎实，而家长的尽心投入更能带来内心满足的自信。

《如何动手》提到她在工作安排上刻意打破年龄的迷思，因为我们总以年纪限制了许多的可能；此外，也提醒大人在教导孩童时，不能只停留于口头示范，为人师者一定要有不怕麻烦的心态，才能提供孩子真实的学习机会，即使产生错误的结果，也是学习中可贵的经验。在《自信的本质》一文，我们常对孩子说"你好棒"，其实对孩子而言，这是很含糊空洞的言辞。孩子逐步努力完成工作，随之产生踏实自信的能力，而大人发自内心的、对于具体事实或行为的赞赏，才能对孩子产生实质的鼓励。

《真民主不假商量》提到当小朋友互换原已安排好的工作时，身为大人如何不强势介入却又能顾及小朋友的愿望与公平的机会，使一份看起来无趣的工作因着适当的引导而让小朋友产生对工作的投入和执着。当不起眼的工作被肯定和称赞时，孩子心灵的新视界亦会被开启。《圣经》有言："你们做父亲的，不要惹儿女的气。"意谓大人不要常以自己的经验，擅自为儿女做决定、下结论，或在言语行为中不尊重孩子的感受，以致惹他们的怒气，长久下去更会使他们失了志气。

书中另一单元是教导小朋友动手做的食谱。我本以为不同于一般食谱，其会降低困难度或复杂性，但正如 Bubu 一贯的信念，问题不在难易，安全性是首要的考虑。因需要父母的协助，所以在内容设计上以食材器皿的方便性但又不失趣味来定调，期盼亲子在搭配互动中，不仅完成美味成品，更体悟到在汗水与面糊中无预警的心灵喜悦。美好回忆也有可能在厨房的混乱中累积。

以前中文系老师鼓励我们写作要以"人人心中所有，人人笔下所无"为目标；其实 Bubu 文章所写的都是我们日常生活熟悉的场景，只是我们太轻视心中晃过的感受，没有认真正视问题所在，而少去省思所带来的哲理智慧。

犹记大四毕业时，学校对毕业生有份职业规划的调查问卷。中文系的我们，所填的职业不外乎是教师、作家、编辑；而 Bubu 填的竟然是"家庭煮妇"，不免引起同学心中的疑问：这个普通平凡的头衔，是份正职吗？它不是工作之外的另一个身份吗？二十多年过去了，在生活上，Bubu 大大实践了她对"家"衷心的热爱及梦想，无论是对女儿的教养和对精致美食的乐在其中，还是更令我惊艳的她对理想家居的装潢设计和监督施工。我才明白她对家原始的爱。通过屋内温馨摆设的呈现，厨房飘出香味给予的安定感，以及点滴教导所开启的心灵对话，可以看到她在内外兼顾的经营中的用心付出，以及所收获的家人的快乐和健康。本着与人分享的理念，Bubu 把同样细腻的观察延伸到小厨师的学习场，在完成一道道精致餐点的过程中，不仅教导孩子的做事态度，也给大人更多的省思和挑战。

生活即教育：如果家家都有小小厨师

自 序

好好照顾自己的孩子

> 原来，爱孩子是这么单纯的一件事，
> 就用完全的诚意，把自己胜任的事，好好带他们做一回，
> 然后用欣赏的眼光，用耐心的期待，展望他们的未来。
>
> ——蔡颖卿

我曾在演讲中回答一位年轻爸爸的询问，他想知道我如何能花费这么多心力举办活动。我告诉他，是年龄的问题。如果在十年或二十年前，即使我已有带领孩子的能力，也绝不会举办小厨师活动。因为在那个阶段，我正忙于工作也忙着照顾自己的孩子；而当时，我的工作与教育并无任何相关，即使深信某些想法值得分享，我还是得先把属于自己的本分好好完成，再谈其他。

时间转眼过完二十几年，当我以虚岁五十的精神与体力来动手带领小厨师活动时，我所要推荐给大家的就是经过自己生活实证的经验与收获。

借着对小厨师的观察,来说服每对父母"好好照顾自己的孩子",就是我这一年半来从工作中抽空、克服一些困难继续举办这个活动并动手整理这些资料最重要的推力。

在两个女儿都已经长大的此时,我更加了解,如果每个人都能尽力照顾自己的孩子,而不一心寻求更神效的教育妙方,这个社会的教育自然会单纯许多,父母的心才能安定下来,而所谓的社会风气也才有自然改变的可能。

商业蓬勃发展的今日世界,教育理想真正的敌手与阻碍,也许是那份"可以将之市场化"的敏锐嗅觉,与刻意曲解所引发的争先恐后的竞争。于是,当一个孩子被看见的时候,他背后可能带来的商业价值同时会被一分也不遗漏地计算,只因父母对于教育成果的期待越来越热切,并愿意花大笔金钱来作为投资的筹码。

父母当然应该为孩子投资,然而,金钱却非唯一的选项,也非万用的灵丹。恰恰相反的是,有些教育如果缺了父母的意愿和参与,原本自然能有的成果反而会越离越远。

去了更多地方、认识更多孩子之后,我愈加相信,教育绝不是因为通过某一种主张而造成影响的。教育的改变是来自诚意与作为,光是赞同或反对都不够,我们得提供机会、采取行动,孩子才能从教育改革的主张中受益。还是莎士比亚的那句话:"只有行动才有力量。"

承蒙许多读者对我的信任,小厨师活动在很短的时间内就收到一千名等待参加的小朋友的申请,估量自己的能力之后,我随即关闭了网络上的报名通道。有记者问我:"既然你在这么短的时间就能收到一千个小朋友的申请，为什么你还说，这个活动不能'商业化'？"

也许这样回答会更清楚：这个活动的形式并不是不能商业化，教孩子做菜或带一个活动有什么难呢？但其中细致照顾的精神的确是无法商业化的。也因此，我认为这个活动一直能持续做下去的场地是"家庭"，能不断给予机会的也只有"父母"。如果你读完我书中的分享，并真心看重这些价值，彻底执行就不再是困难的决定了。

我很感谢所有参加过活动的小朋友，更感谢他们的父母如此信任我，并允许我刊登活动的照片。虽然，做一场小厨师活动远比餐厅正常的运营更辛苦，但其中的快乐与照片所记录下的童稚笑容，也是无可取代的。

我在感到最辛苦的时候，常常会想起以演奏《梁祝小提琴协奏曲》而闻名的日本小提琴家西崎崇子女士。她曾在拜访"少年宫"时与一位小男孩一起拉琴，照片中夹着琴的颈项虽然是微微上仰的，但带笑的眼神却往下望。她充满情感的凝望刚好与小男孩神气夹琴上望的眼神知心交会，那笑里所代表的传承与希望，深深打动了我的心。

原来，爱孩子是这么单纯的一件事，就用完全的诚意，把自己胜任的事，好好带他们做一回，然后用欣赏的眼光，用耐心的期待，展望他们的未来。

致本书摄影者

我的先生 Eric

我必须非常诚实地说，如果不是因为 Eric 在每次小厨师活动中特地为我留下这些照片，我继续这个活动的热情也许无法一次次地重新燃起。

无论我外出演讲或接受采访，当大家看到我的确花了不少时间在实作之上，总喜欢问我："你先生对于你这些想法都给予支持吗？"

我确实受到全家人的支持，当然，其中一个非常重要的背景已在自序中提过，那就是我已经把两个女儿都照顾长大了，在考虑尽责任的优先级上，不用面对应该先把时间付给谁的挣扎。不过，即使如此，持续这些活动所需要的帮助与鼓励，也绝对是实质与大量的。

每次办完一场小厨师活动，我总在接下来的几天中看到 Eric 会在无意间舒展或捶打身体。我知道那是他为了要捕捉孩子专注可爱的动作与神情，但又不打搅他们工作，得十分敏感地体会工作动线，自动让路，所以他常以奇怪的姿势拍照，并在不同的工作站中跑来跑去，出其不意地抢下他所能掌握的每个瞬间。孩子不是他的模特儿，除了抢到的镜头之外，我们不提供任何特别的方便，有时他一不小心挡到我们一点点路，我就视他为"苍蝇"一般，挥之唯恐不及。

我深信，Eric能留下这些照片，并非只是因为他爱摄影，而是他完全了解并赞许我对教育的想法。所以，在每次小厨师活动之后，虽然我们腰酸背痛的原因并不相同，但看着照片嘴角泛笑的爱却是一模一样的，即使这些孩子并非我们的子女。

我记得Eric每次对我说起自己错过哪些美妙片刻时的扼腕神情。我最感动的，是他对我说："再精彩也绝不为了拍照而要求孩子重做，因为这就打断了他们对于活动进行的真实感受。"他这样珍惜孩子的心情，使我也同时领会到他对我的珍惜；我想，这就是别人口中说着的鼓励吧！

几十年前，摄影家卡希用一台简单的相机拍下许多精彩的镜头，他曾说过这样一句话——在未按快门时先看和想，心和脑才是真正的透镜。

对于孩子，珍惜他们，使他们感到自在，是Eric通过镜头捎给我的讯息，我因此更加懂得要如何亲近孩子，更加了解无声的影像永远记下的种种可爱。

谢谢Eric！

目录

第一章·爱的接力

缘起·4

了解·9

反应·14

真民主不假商量·19

选择、分配和公平·25

关于时间管理：来！我们来……·29

不能轻视的生活指导：好好回应·34

好玩·39

如何动手·45

启动观察和思考的能力·51

自信的本质·57

责备与安慰之间·62

谨记不啰唆·67

家事的练习·73

公平·79

秩序·85

安全·90

没有跟不上的孩子·96

跟进·101

大与小·106

教育的成本·112

引导 · 118

拒绝也是一种教导 · 121

孩子的心怀 · 123

老吾老，幼吾幼 · 128

相亲推荐书 · 134

幸福 · 140

童言童语 · 145

种种可爱 · 151

第二章 · 美的实作

看看小厨师怎么做

[实作分享1]

做菜就像盖房子一样 · 160

[实作分享2]

静静听，认真看，专心做 · 164

[实作分享3]

用摆盘为主菜加分 · 168

[实作分享4]

甜点与快乐 · 172

[实作分享5]

责任、辛苦与好吃 · 176

来！我们也试试看

摇出来的魔术：手工奶油·180

嘴甜心也甜的礼物：棒棒糖·182

夏天的好朋友：水果冰沙·184

甜美的分享：焦糖烤布丁·186

为家人做早餐：白煮蛋·188

想要，就动手做：蛋杯·191

不会"遗忘"的味道：蛋白糖·192

漂亮的好手艺：甜薯茶巾绞·194

最特别的礼盒：马铃薯沙拉·196

神气的小元宝：水饺·198

西方面疙瘩：马铃薯饺·200

发挥你的好创意：蔬菜派·202

享受拉丝的乐趣：比萨·204

在餐桌上环游世界：小旗子·207

把食物变得更美丽：纸环·209

后记：谢谢我共同工作的伙伴们·211

附录：我的幸福投资·213

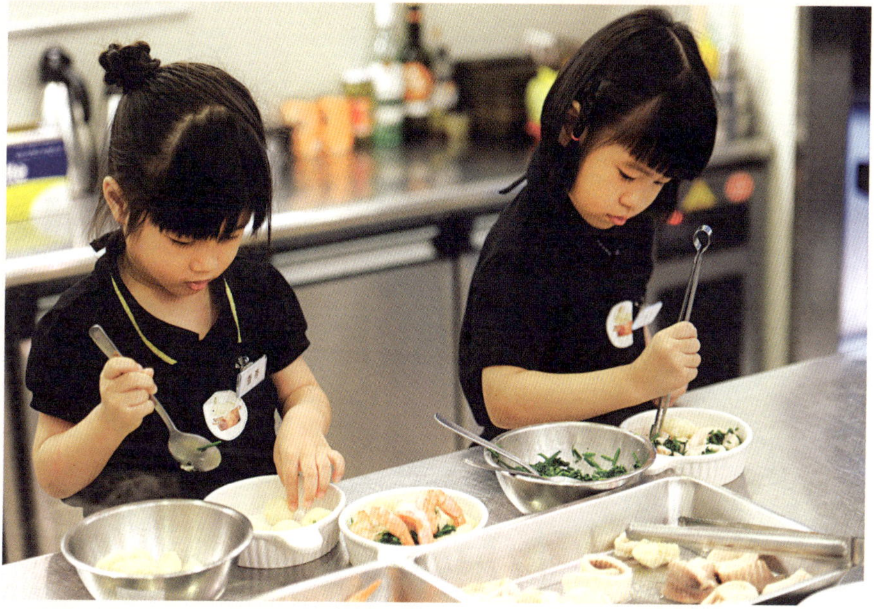

第一章

爱的接力

我相信"教育"永不改变的目标，是为了帮助我们拥有更好的生活：包括一个人内在的安定、谋求生活所需物质的能力，以及对共同生活在这个社会的其他人来说，不但没有负面影响并且有所贡献。

我们一点一滴、从小学到大，只为让自己里外的快乐达到真正的平衡，并适应这个不断改变的世界。

为了这个看起来似乎十分简单的目标，每个社会都投入大量的人力研究并发展教育。无论是带着责任感还是理想，在体制内或体制外，只因关心教育内涵的人长年在各个角落力行不歇，才使得我们在遭遇某些挫折时，仍能对"孩子应当越来越好"怀抱永不止息的信心。

我也是角落当中的一个人，很赞成"情境教育"的主张，于是以一个非专业教育工作者的身份、凭借一个中年母亲的经验，试着以小厨师活动来投入我对教育的热情，并以此印证孩子需要家庭的关怀。

我一点都不在乎这份影响够不够大，因为以我微薄的力量来说，每一次从孩子身上所感受到的生命热情以及希望，已经使我感到满足。把一年半的带领活动日记整理成二十九篇有主题的分享，期待父母读者看到这些照片与我的记录时，不只视它们为一场活动的观察，还能从中找到与孩子相处时适合每一个家庭的共同合作的方式。爱是需要学习与努力的，无论别人如何看待我的小厨师，只要有一个孩子长大后能记得与我们静静工作时的愉快，那就是我投资给幸福所得到的最丰厚的报酬。

我愿它是一场爱的接力，从我手中传到你的家庭里。如果家家都有小厨师，它所代表的并非我们国家的饮食质量一定会相对提高，而是每对亲子之间应该会发展出更有向心力的家庭爱，每个孩子也将更有活力。

第一章　爱的接力

缘起

- 实作是一条路,一条通往真正教养的路,
  即使进度很慢很慢,我还是想与认同此理念的父母互勉:
  让我们把教养观念都落实到生活中吧!教养是表现而不是表达。

举办小厨师活动的想法在我心中萌芽虽久,但真正让我把念头催化成行动的,是十二位复兴小学的小朋友。两年前,我曾受一位家长之邀,在太平洋百货公司俱乐部的烹饪教室与几个家庭相聚,那天,我带了几对亲子一起学做年菜。

几个月之后,发起活动的家长淑惠再度与我联络,当时,我已在三峡安置好自己的餐厅并开始营业。淑惠问我能不能再办一次类似的活动,在答应她的那一刻,我心中浮现了几度计划过的小厨师活动的画面。我脱口说出要为他们举办一次这样的活动,心里的勇气至今还弄不清楚到底从哪里而来。总之，在2009年的2月，小厨师活动就在复兴小学那十二位大大小小、聪明可爱的小朋友的参与中揭开了序幕。

活动之前，我在自己的网站中贴了一个关于Bitbit Café的营业告示。

> 亲爱的朋友：
>
> 　　星期五（2月6日）的下午，我们的第一批小厨师将进驻店里，为他们的父母烹调一套从前菜到甜点的正式晚餐。
> 　　因为这场教学与实作的时间很长，我们将无法提供晚餐的订位，午餐也将在一点半结束以清洁用餐现场。
> 　　特此敬告
> 　　感谢您的体谅！

对于2月6日与孩子的实作，我满怀着愉快的期待，希望这会是一场非常特别的晚餐。这些家长给了我机会，于是我计划把几种不同的想法综合在这堂课程的实作之中。我希望孩子们能学到——时间感、美食和烹饪实作的知识、安排工作顺序和呈现设计的重要性，与自己能对餐桌文化做出的贡献。

记得小时候，父母师长通过讲述农民的辛苦来引导我们体会"惜物爱人"的道理。对我这样在乡下长大的孩子来说，了解"谁知盘中餐，粒粒皆辛苦"的诗境一点都不难。我们的生活环境举目可见稻田与农民的劳动身影，也有渔民在台风天中不知能否平安归来的例子。在那朴实的年代，浪费食物是连别家大人见了都要责备的，更何况是自己的父母。

但是，年代改变了，现在的孩子即使在父母面前糟蹋盘中的食物，懂得为其种种不当的态度而教导孩子的父母恐怕也不多见了。请别人调整以顺应小孩的喜好，成了父母爱孩子的新方式；更有很多父母在不知不觉中为孩子做了不良的饮食示范。在我的餐厅中，就曾发生过好几次让我们都瞠目结舌的故事。

有一次，一位母亲在等孩子下课前先进餐厅就座点餐，她交代服务员说："你们一定要在我的孩子到之前把他的菜上桌，否则，我会被他骂。"多么奇怪的改变，如今不但是父母怕被孩子骂，当小朋友把桌上用来加进咖啡与茶的方糖拿来泡水玩而被服务员劝阻时，有父母竟索性把一整碗的方糖都拿起来倒入水中给我们看。我很想知道：那一刻，眼看着这一切发生的小朋友，从父母行为中得到的教养讯息是什么？这会影响他将来为人处世的价值观吗？

餐桌虽然只是一方木头或其他质地的材料所形成的围坐空间，但在餐桌四周的活动中，一个人的思考方式与价值观很容易就显露出来。餐桌文化绝非只是口腹之间丰盛与美味的问题，它或许可以被视为见微知著的教养体现。

我觉得现在的孩子应该重新体会一粥一饭得来不易，不见得是从"汗滴禾下土"这种与他们生活脱节的意象中来体会，而是从真真实实的操作与学习中来理解。

我无法细诉或保证，一个孩子体会良好的餐桌文化对他们的成长有多大帮助，但是我愿意、也一定会在这个课题上尽我的能力耕耘。这是我愿意起步开办小厨师活动最重要的自我期许。实作是一条路，一条通往真正

◆ 请接应我，我也知道要主动帮你，
小厨师的目标是以专注工作来积累默契。

教养的路，即使进度很慢很慢，我还是想与认同此理念的父母互勉：让我们把教养观念都落实到生活中吧！教养是表现而不是表达。

在开办小厨师之前，我曾去了不少地方与许多可爱的孩子一起工作过，他们的潜力总是让我惊讶。这些眼见为实的经历使我能更清楚地与父母分享信任的重要。在共同工作中，我亲眼看见被信任的孩子因此更了解自己的能力，信任交托与能力成长于是形成最美好的循环。

我非常喜欢孩子，不管与哪个团体合作，只要是以孩子为名义而举办的活动，我都会提出大人名额越少越好的建议。因为既然是以孩子为对象，就该尽可能把注意力都留给孩子。办一场活动，我的心力非常有限，如果还要分散注意力给家长，一定会减少关注与教导孩子的时间，这是小厨师活动并不以亲子同行的形式举办的理由。

在第一场活动中，复兴小学的家长们完全支持我的想法，所以，他们的合作为小厨师活动建立起非常美好的传统。此后的每一次活动，我们都在一片宁静祥和的气氛中与小朋友共同合作。虽然彼此陌生，但我们以专注工作来积累默契。

有好几次，当我走出自己负责带领的工作站，远远望见伙伴们与孩子在桌前灯下工作如舞台表演般动人，我似乎看到了自己人生中最美丽、最安静的梦想，一次又一次在孩子们可爱的脸上被实现了。他们使我领会到做个好大人的意义，使我重拾自己孩童时对大人的信赖与仰慕。我知道，我们其实可以为孩子做很多事，只要把持自己的注意力、把心思全然放在孩子身上，就可以共同体会那说起来虚幻、但其实紧紧牵系着彼此的爱。

了解

> · 父母的收入或可说明一个家庭付不付得起昂贵的学费,
> 却绝对无法保证一个孩子被爱包围因而健康长大;
> 然而,孩子是否气定神闲却可以明确反映出一个家庭的愉快指数。

以小厨师的工作紧密度来说,我很难在活动之外另拨时间去了解每一个孩子。谁曾与我共同工作,我自然就多一点对他们的认识。虽然因为工作采取轮流制的方式,不一定每个孩子都有机会长时间留在我的身旁,但是,当活动完成时,我多半还是对他们有一定程度的了解。

在五到七个小时不等的工作过程中,合作是绝对必要的,因此,即使不与我同在一个工作站的孩子,我们也会在接应或互相支持时,看见彼此的工作状况与美好的心意。

小厨师忻容的妈妈在一次分享中提起"了解"这件事的奥妙。她说,孩子回家对她说起我种种的好，但是，她也知道当天我们俩并不在同一组工作。到底，我是怎么建立这美好的沟通的？

"了解"是两个非常奇妙的字。对我来说，它代表的是我们用心串联不同的数据而完成的印象，那些串联是为了帮助加深彼此的认同，以便有更舒服、诚恳的相处。

每当我想了解一个问题或一个人的时候，我很少以提问的方式进行我的探究；如果要问，也是我先"看"到了一些事，才引发相关必要的提问。所以"观察"反而是我进入了解最好的方法与最重要的途径。

我说"观察"的时候，其实是包含两个动词的：先是五官的感受，比如说"看到"或"听到"，然后以"思考"来处理这些经过五官收集的信息。经过思考之后，五官所收集的资料就变成真正有用的观察。

我不是非常重视人们惯于收集的基本资料。有一次，一位朋友忍不住好奇地问我，为什么我从不问他们家人从事什么工作这一类的问题。当时，我们已认识将近三年，而我似乎对一般人一定会问及的这类问题都不感兴趣。我笑着说，因为我不觉得这对我们的友谊有任何影响或意义，他"友直、友谅、友多闻"，所以即使少了这些数据，也完全无损于友谊的维系。

同样地，我并不关心孩子们来自哪个学校、父母们的背景如何。有人主张这些数据有利于观察，可以帮助教育的进行，但我并不完全同意。在小厨师活动引起了一些注意之后，有不少采访者问过我统计性的问题：来报名的父母教育程度为何？社经地位为何？

我真是一问三不知。不知这是否因为我并不关心这些问题，而我不关心的最主要理由是：与孩子面对面的时候，我相信自己会用心观察他们。

◆ 有成就感的工作很容易让孩子上瘾，越做越有架势。

我知道有许多有趣的事等着我去"看见"。那些统计数字也许提供了某种印象，但真正有利于我跟孩子相处的信息，还是得从我的"了解"而来。

比如说，我们都认为，社会地位高、经济能力不错的父母，给予孩子的照顾会相对周到；那么，当我们看到一个小朋友指甲没剪、袖口很脏的时候，是否就能以此判断孩子是因为家里穷而没人照顾？或者，也有可能是父母并未花时间给予周到的关怀？父母的收入或可说明一个家庭付不付得起昂贵的学费，却绝对无法保证一个孩子被爱包围因而健康长大；然而，孩子是否气定神闲却可以明确反映出一个家庭的愉快指数。

为什么我跟忻容并没有同组工作，却可以知道她是个和善温柔的孩子？在我回答她母亲时，并不是只想随口说说让人深感安慰的话而已。实际上是因为我看到当天忻容与另一位小朋友同组送菜，每次她们两人手捧托盘来到厨房准备出菜，忻容虽没有机会真正"主其事"，却以最含蓄可爱的态度面对了身处的状况。

食物难免有汤汤水水，如果两个人共捧一个托盘是非常危险的事。所以我们一直采用完全由一个人来端托盘，两人一组一起走到桌边，再由另一位小朋友把食物从托盘中拿给客人的方式，来进行服务。

有成就感的工作很容易让孩子上瘾，所以，有些小朋友会不自觉地忘了先前约定的轮流制度。我注意到好几次伙伴轻轻拨开忻容的手端起整个托盘时，她的脸上总会泛起一抹温婉的笑，那笑让我想起"谦让"两个字。我看得出来，她明明也很想试试看的，可是当同伴一有动作上的暗示时，她就接受了对方的想法。笑里也没有委屈的感觉，只有那么一丝丝未能如愿的遗憾，以及似乎相信下次就会轮到她的一种期待。

虽然我在炉台边带领着步调匆促的主菜制作，但孩子们的动静举止都在我的关注中。下一趟，当两个女孩再进厨房时，我隔着她们与我之间的大工作台，轻声提醒，该是两个人交换工作的时候了，我说："这一盘，就换忻容端吧！"

一经我提醒，忻容的伙伴轻声应好之后，托盘立刻换了手。虽然我的双眼还忙着注意身边的小主厨继续下一张的点单，但我的身体却忍不住绕过洗碗区，一路尾随着两个小女孩的身影而去。

我想看到忻容完完整整走完那趟送菜的服务之旅；好像她那抹笑里的愿望也是我心里小小的期待呢！她一定不知道我站在厨房门口远远地看着她向客席走去，如果知道，相信她一定会乐意给我一个回眸的微笑。

反应

- 因为注意孩子的反应,我一观察出他们听不懂我的话时,
  马上就改变另一种说法来增加了解的可能。
- 我尽量避免使用同样的说法,
  只靠着增加语气的强度来达成沟通。

我跟孩子们谈话时,很注意他们的反应。我是从反应中来检视小厨师们是否完全理解我的说法、清楚我的请托的。

有些父母总以为,现在的孩子很聪明,哪有听不懂的话语或道理。是的!现在的孩子都聪明,会说很难的词汇、讲出让父母忍不住得意分享的惊人之语。但是只要仔细观察孩子的反应,我们就不难发现,孩子的"懂"跟我们要他们"懂得"的程度,是有差别的。

我常在请小厨师帮我做一件事的时候,看到孩子愣在原地没有行动,这时，我马上就想：我刚刚说的话里是不是有哪些意思是他不了解的？我得再次投出沟通的讯息。比如说，我拿一个空盆递给身旁一位小学一年级的孩子，要他"走到前面的沙拉台，去跟小米粉阿姨要三颗马铃薯"。我看到孩子虽然点头也接过盆子却站着不动，他的脸上看起来有一丝丝疑惑，但或许因为小，还不知道该如何马上提问。我立刻想到，他接到我的指派却没有行动，并非不愿意，应该是听不懂我话中完整的讯息。

我很快地过滤几个可能：走出厨房，他一定懂；三颗马铃薯，也很清楚；那么，问题应该是出在那个对我来说非常易懂的信息——"小米粉"。这个名称对孩子来说是个无法辨识的名词，也许，他心里正疑惑着：小米粉阿姨是哪一个？外面共有四个阿姨呢！我于是马上更清楚地描述小米粉所在的位置与她的特征，就在我第二次加强解释后，孩子马上欣然迈出脚步，因为他已经得到可以完成任务的信息，在这种情况下采取行动才会笃定。

因为注意孩子的反应，我一观察出他们听不懂我的话时，马上就改变另一种说法来增加了解的可能。我尽量避免使用同样的说法，只靠着增加语气的强度来达成沟通。

成人面对生活时，有些疑惑因为有足够的人生经验而能在理智上得到解释。也因为拥有这种能力，我们常常想不通或不相信孩子会听不懂我们的话语。有一次，有位小厨师在知道小米粉与庭宜是母女后，她完全困惑了。在活动结束前，她总共去问了小米粉四次："庭宜真的是你生的吗？你确定吗？"她本以为这两个无论相貌或体型都很像的人是姐妹，一听说是母女时，她实在太惊讶了，不都是大人生小孩吗，人怎么会生出跟自己一样大、像个双胞胎般的孩子呢?这就是因为她的脑中还没有"早婚"这一类的数据来连接处理信息,所以不能对眼前的景象立刻产生合理的解释,只好一再求证。

在工作中,我注意与孩子沟通时他们的反应,是因为设想到类似问题的可能。我跟站在冰箱前的孩子说:"请你回头开冰箱,帮 Bubu 阿姨拿一瓶鲜奶油出来。"这时,我一定要想到,孩子就算知道鲜奶油是什么,也未必知道我们用的是哪一种牌子、哪一种包装的。所以在她打开冰箱时,我接着说明:"你左手边那三个蓝色跟黄色的长纸盒,装的就是鲜奶油。"

因为彼此的认知与经验不同,误解是很容易在沟通中发生的,更何况是在年龄差距非常大的小孩与成人之间,各说各话是常常发生的事。

曾经有位家长很苦恼地提起她五岁的孩子会"说谎"。事件是孩子从好朋友家拿走了一条巧克力去学校,在学校拿出来的时候,她的好朋友看见了就说:"这是我家的东西。"老师一听觉得应该要处理,就问小朋友:"这是不是她们家的东西?"孩子点点头。老师又问:"所以你偷了人家的东西吗?"她又点点头。这下事情严重了,老师报告给妈妈听。妈妈很难过,晚上帮她洗澡的时候想要好好跟她说:"偷人家的东西是很不好的,你到底有没有偷小朋友家的巧克力?"这下她又说:"妈妈,我没有偷。"哇!妈妈一听,事情非同小可,现在可不只是"偷"这件事了,孩子反反复复的答案不更是一种"说谎"吗?

总之,母亲一层层想下去,都快想出"祸国殃民"的严重性了。没想到隔一天,宣称巧克力被偷的那位小朋友的妈妈知道了这件事,非常讶异竟有这样的误会,她说:"那巧克力是我给她的啊!给的时候我女儿不在

◆ "观察"是进入了解最好的方法与最重要的途径。

◆ 仔细观察孩子的反应,我们就不难发现孩子的"懂"跟我们要他们"懂得"的程度,是有差别的。

旁边，所以她误会了！"谜团解开后，当母亲的更不解了，既然不是偷，又为什么要承认是偷。她让我帮她想想，孩子的心理到底哪里有问题，是因为大人太凶，逼问成供吗？还是其中有更严重的儿童心理问题。

我听完这个故事，立刻想到的是：这个五岁的孩子曾经听过"偷"这个字吗？就算听过，真正了解"偷"的定义吗？依我想，孩子的承认与否认，都只是顺着大人给的线索攀爬而下，她不是真的懂得"偷"的意义而说出答案。"偷"是在没有经过询问或询问之后未经允许把东西拿走、并担心物品的主人知道的行为。很多小孩懂得惧怕，并不是因为知道事不可为，而是那些被归类为"不可做"的行为会导致严重的处罚。

如果平日我们习惯以自己的经验，未经层层检视就推理孩子的认知程度，的确会造成沟通上的困难。小厨师的每一次带领活动提供给我了解孩子的基础，就是注意他们的反应。根据孩子的语言的响应或行动的反应，深思自己要如何采取下一步指导，以带来工作上最可能的进步与沟通上最和谐的流畅。

真民主不假商量

- 这是我当母亲与教学时永远挂在心上的准则：
  真主意不能假商量；不是提供选择就不要用问句。
- 假的民主只会引起没有逻辑的言辞辩论，
  如果孩子有更大的不满，权威也只是一时的镇压。

在小厨师们做完备餐工作、小聚在大餐桌上吃自己的午餐时，我会利用一点时间，跟他们讨论十二点半餐厅正式营业后工作分配的问题。小朋友如果不满意自己被分配到的组别，通常只要我轻轻劝告，他们都很快能转变一时的小小失望，接受我原先的安排。我的决定并没有什么特别深刻的考虑，虽然，我所负责的工作是主菜的热处理，比较适合体能成熟一点的大孩子，但我会更想把一两个特别需要照顾的小小孩留在身边。

一年多来，工作的分配都是一经协调就很顺利，直到前不久，有个梯次的小朋友在分配后直嚷着他想煮菜，不要做外场服务。当时，如果要坚持原来的分配，平息这小小的申诉与争取，我想也不难，但是，如果抽签可以让大家觉得更心甘情愿一些，其实也花不了几分钟。

我立刻走回柜台去拿了一张纸，折成三折，露出的一端有着八条线，线的另一头隐藏联结着工作组别的代号。一提到抽签，孩子们开心了起来，我提出约定，不管抽到什么工作，答案揭晓之后大家就高高兴兴动手。想进厨房的那位小朋友深谋远虑，马上想到了万一自己的运气赶不上心愿，那该怎么办？他问我可不可以换工作。我本想说不能，又觉得有一点不近人情，所以，抽签前我告诉大家，"只有两个人刚好都很想要对方的工作时"才能换。

三折的纸翻出后，一如考试放榜永远有几家欢乐几家愁，想进厨房工作的那个小朋友一脸沮丧望向我，而我这组竟然真的分到了一个小学一年级的小朋友。这位小学一年级孩子的哥哥抽到做沙拉，而在前两个小时的准备工作中，哥哥已经跟那位一心想当主厨的小男生变成好朋友了。

我负责出面询问两位抽中主厨的小朋友愿不愿意跟外场换工作，当面得到明确的回绝后，我提醒孩子们各就各位上工了，Bitbit Café 准备开门迎接用餐的客人。

就在小厨师做最后的整装、点蜡烛并准备拉开铁门时，那位很想当主厨的小朋友兴奋地跑来跟我说："Bubu 阿姨，有人要跟我换工作了！"他说的是他那位新交好友的小学一年级弟弟。我笑了，心里猜想这个小小孩应该是被"周转"了，也许，是义气的哥哥出面说项的呢！但我不能随便咬定这样的事，我请其他孩子等我一下，在烛台前找到那位小学一年级的孩子。我问他："真的愿意换吗？"他一边开打火枪燃起一盏盏蜡烛上的光，一边没有抬眼看我但沉默地点点头。唯恐我的问话会改变定案，他的哥哥和好朋友更在一旁轻轻喊着："真的！真的！他自己愿意换的。"有那么一刻，我本想插手管到底，但马上又改变了心意。原因有两个。

我也经历过眼前孩子成长的每一个阶段。我自己的小哥哥长我三岁，往上推一年一个，共有三个兄姐。小时候，我也有过不止一次退让自己最想要的东西或机会的经验。这种被说服虽然不能说是次次自愿，但也不一定能说是大孩子威胁小小孩的结果，那些介于其间的微妙情绪，有时候大人一介入反而就复杂了。如果当时这个小小孩没有点头，我会追问下去，但他响应了。虽然他的点头与我的判断之间是有出入的，但我不能不相信。同时不信任两边，只显示我的判断有多强势，以自我为中心的行事是很糟的言传身教。

另一个使我不坚持的理由是，从经验中，我知道孩子们只要一深入工作，就会爱上他们被分配的组别。我相信这个小小孩，等会儿在外场会如鱼得水，那份快乐将弥补他让出厨房工作的小小委屈。果然，后来忙完主菜，我想邀他来厨房尝尝当主厨的滋味时，他紧抓着托盘，忙得分不开身，对我的邀约丝毫不感兴趣呢！

是的！一年多的经验显示，孩子们到后来多半是对自己的工作入了迷而不愿意换工作，这成了我们供餐活动展开后的问题。

这天，一个高年级小朋友被分配到做沙拉的工作。原本说好供餐的最后几道，我们会让其他小朋友也做做看，而他得轮到厨房来做清理工作，但该交换时，孩子却不肯放手了。我当然了解他们正感受到热情，想多做

◆ 我知道孩子们只要一深入工作，就会爱上他们被分配的组别。

生活即教育：如果家家都有小小厨师

一点、再多做一点的欲罢不能，但主动顾及每一个孩子的机会与愿望，也是我的工作之一。

我走到沙拉台准备换人时，听到小米粉轻声问他："你轮去洗碗好不好？"孩子闻声断然答道："不好！"小米粉无奈地看了看我。我笑着挽起他的手臂，转身就往厨房走去，一边走一边跟他说："对不起！Bubu阿姨的厨房里很需要你。而且，我们说好了大家得轮流工作、互相帮忙。"我领着他去做水槽的清理，因为熟悉，所以我的动作很快，他得集中心神赶上我才成，这马上激起了他对眼前工作新的挑战热情。我转移了他想留在沙拉台的留恋，在洗碗的工作中，他也能看到自己与先前相同的执着与能干。

不过，事后我仍然对这件事有深刻的检讨。我跟小米粉讨论，工作轮流是我们跟孩子的一种"约定"，而不是询问后的"商量"，所以不应该用"好不好"来作为谈话的句型。凡是问一个人"好不好"的时候，当然要接受"不好"是其中的一个选项，不能在回答者做出选择后又不准。虽然我们无心，但孩子一定会感受到真主意假商量的敷衍。

之所以有这个约定是为了公平，孩子如果彻底明白，再不愿意也无法抱怨。但是，如果问他"好不好"，又不准他选择"不好"，那这个问题本身就已经失去严谨对话的基础；大人跟孩子沟通，最怕的就是失去讨论的真正合理性。所以，这是我当母亲与教学时永远挂在心上的准则：真主意不能假商量；不是提供选择就不要用问句。假的民主只会引起没有逻辑的言辞辩论，在攻防之间，如果孩子有更大的不满，权威也只是一时的镇压，没有道理支持的要求，气势虽大却很空洞。

◆ 只要激起孩子对眼前工作的挑战热情，
他们都能看到自己的执着与能干。

生活即教育：如果家家都有小小厨师

选择、分配和公平

- 有些事因为运作上的公平，无法任由孩子选择；
  但另一些事，我就主张多听听孩子的意见，尊重他们自己的决定。
- 如果孩子对于工作方式有更好的想法，
  我们一定会让他们做各种尝试或采用他们的主张。

小厨师工作站的轮流制度是无法让孩子自由选择的，因为一选择，就一定会有某些工作无法得到青睐；而且，孩子在还没有接触前，通常是用猜想来决定自己的喜好的，这从学习与体会新事物的角度来说，并不正确。所以，我跟工作伙伴说："我们自己要知道，这是分配，不是征询同意，用语要正确，执行要公正。"

这样的决定虽然表面上看来是专制威权的，但因为考虑的基础是要使大家都有公平的机会，我们处理的态度也温和，所以，孩子面对分配时并不会感到不快。

有些事因为运作上的公平，无法任由孩子选择；但另一些事，我就主张多听听孩子的意见，尊重他们自己的决定。比如说工作的方式，如果孩子有更好的想法，我们一定会让他们做各种尝试或采用他们的主张。

有一次，小厨师把烫过的贻贝挖掉壳，准备作为白酱烤海鲜的其中一份材料，他却发现这贻贝肉中夹有海草，很难用手清理干净。他一边问我该怎么办，口中还喃喃说道："如果我是客人，吃到这些草会觉得很恐怖。"真的！我赞叹他这种工作道德与对客人的体贴心情，所以，我提议让我们再来好好想想，该怎么仔细地清理掉每一丝海草。

孩子用手试了又试，发现如果用力扯，有些根反而会断在贝肉里，他慎重地问我："老师，如果我们用刀把肉切开，你觉得这样好不好。"我马上提议："试试看好了，试试看才知道好不好。"我们垫了砧板，马上拿起一个夹了海草的贝壳实际来做做看。最后在他的发现下，决定用剪刀把上桌的食材整理到非常适合客人食用的质量。我把这几分钟的尝试视为一种尊重。

尊重孩子的选择，也包含几次关于体能的问题。

冬天进行的那几次小厨师活动，有几位小朋友是抱病前来的。他们有些小伤风，但一心期待着要参加，所以勉强打起精神在工作。我照顾两个女儿二十几年，对于孩子的体力和精神状态总是敏感的，每当看到一个让我感觉不对劲的孩子，心里总是挂念着。曾有几次，我实在担心他们的身体，忍不住建议他们要不要考虑提前回家。但是，孩子坚定的眼神都让我无法再开第二次口，只能叮咛，如果很不舒服，一定不要勉强。

印象最深刻的是一位小朋友工作到一半流鼻血了，虽然她的妈妈就坐在席间，但当我问她要不要回到妈妈身边去的时候，她很坚决地摇了摇头，只想坐在调制饮料的柜台区的小凳子上休息，她想等血止住了再继续工作。

孩子有这样的想法，对我来说不无压力，如果真的更不舒服，父母会不会原谅我呢？可是，当我蹲在她的身边照顾她、安静地仔细观察她的时候，我发现自己最难以拒绝的是孩子面对工作时的一片热情，所以，我尊重了她的选择。虽然那使我在往后的两个小时里都提心吊胆，但凭借着家长会理解我的信心，我看见孩子小憩之后再度投入工作。

跟孩子讨论选择的问题，有时也会遇到意外的惊喜。我们有位小厨师跟大导演李安的名字一模一样，这个二年级的小朋友大概是前几个小时做准备工作太投入，又因为兴奋过度午餐吃得少，在送完餐、轮流到洗碗区来做清理工作时，李安蹲在地上轻叹道："我的脚好酸！我不想洗碗了。"

听完可爱的感叹，我也跟着蹲在他的身旁，低声商量道："如果你觉得太累，可以回到妈妈身边去坐。可是，我们不能换其他工作给你。之前有几次的小朋友，他们也是一、二年级，可是都轮流把工作做完了！你如果是肚子饿、没力气，我们来吃点东西；如果是真的不想做，那Bubu阿姨可以带你到妈妈那儿去。"

我完全没有激将之意，只想帮他解决问题，没想到把李安的"大将之风"完全激发了出来。他唰的一声从我身边站了起来，简直就像荆轲要出易水那样的"壮怀"，掷地有声地对还蹲在地上的我丢了声："我要去洗碗了！"说完就往前方的洗碗机走去。之后，他足足又站了一个多钟头，才离开后来也洗出感情的水槽与洗碗机。

当我看到孩子的工作做到实在超过我的想象与期待时,心里总遗憾这些画面无法让大人亲眼看见,所以,偶尔我会征询孩子是否愿意在用餐过后、我与父母相聚讨论时,分享他们的所学。

有些孩子会慨然应允,有些孩子会害羞拒绝,无论答应或拒绝,我都欢喜接受他们的选择。但我清楚记得从美国回来参加某次小厨师活动的一对双胞胎兄妹。哥哥仔细问过我:"要说什么?"我回答说:"因为你们把工作做得非常好,所以可以教教大人该怎么做。"我举了三件事做例子,他仔细地想了一想,用着比台湾小朋友发音咬字更准确的普通话说出他的选择:"我只想教他们做一件,我不想要教三件。"我笑着谢谢他答应我。

我很欣赏这么清楚的选择,我也尊重孩子经过思考后的决定。

◆ 在工作中,我很欣赏孩子主动去发掘自己的可能性,也尊重孩子经过思考后的决定。

关于时间管理：来，我们来……

- "来！我们来……"代表的是我与你在一起，

  也可以是"你来做什么，我来做什么"的分工示范；
- 这当中有各自努力、彼此鼓励的意味，

  也有对时间管理的认识，以及已经采取行动并掌握进度的感受。

"来！我们来把工作台清一清！"

"来！帮 Bubu 阿姨把这盘东西移到另一个小方盘去。"

"麻烦你去跟小米粉阿姨说，小朋友切好的马铃薯让你拿进厨房，我们得把沙拉先做起来。"

在小厨师的活动中，我习惯以"来！我们来……"这样的邀约来引导或整合工作的进行。

我相信多数的孩子平日无论在校或在家，最常听到的总是被分派工作的指令，他们是处于被支配或被监督的位置。记得一场演讲后的提问讨论中，有位父亲就曾举手问我："我有亲子之间的时间管理问题。虽然我们夫妻每天都帮孩子把时间分配好了，孩子也都知道几点该做什么，但总是无法稳定执行。我的心情常因此高低起伏。有时候觉得应该耐心一点，但到了忍无可忍的时候，还是会发一顿脾气。生活好像永远在这样的模式中循环。"

这不是我第一次听到父母以生活实例来陈述管教上的情绪困扰，不过，我总是提醒大家，眼睛不能只盯着纷乱，看到一项解决一项。我们是成人，都拥有一定的分析能力与处事经验，面对生活中的问题，不只要自省，也要整理并类型化各种现象。如果把不好好吃饭、不好好说话、不好好做功课等一个个罗列出来，当成许多问题来处理，再简单的生活也会因为思路纷杂而更加混乱。

我很谢谢这位父亲的提问，他肯把自己的忧虑说出来，使其他的父母有机会通过他人的经验，来整理或审视自己生活范畴内的类似问题。

孩子能管理自己的时间是每个父母最恳切的希望，如果时间管理得当，就代表着孩子们生活的平稳与规律。但是，时间管理是需要一生稳扎稳打学习的功课，我觉得父母不应该把自己提升到"支配者"与"监督者"的地位，而应该不断地为孩子做好示范，并与他们一起学习真正有效的时间管理。

我看过很多母亲在孩子放学后放下自己该做的事，只是一心一意监督孩子做功课。因为怕他们捣蛋或不专心，大人担任的工作类似于警察，专门在一旁纠正没有按时做事的孩子，或在孩子一写错答案时，就主动帮他们涂抹错误、指示改正,这就是我所谓的"监督者"。而那份用来参照的时间表,基本上也是由孩子们身旁的监督者所制订,所以成人才是真正的"时间支配者"。

我曾经仔细观察现在的孩子,他们的确不需要思考时间管理的问题,因为各种活动已经将生活都分配好了,他们赶完这场赶下一场,并没有真正的自主权。这一场与下一场活动之间空下来的零散时间通常就被白白浪费掉。我并不觉得,这样的时间运用方式能引发一个人对于时间的了解与掌握。

从我有记忆以来,妈妈就常常告诉我,她今天要做哪些事,她几点到几点要去哪里,准备完成哪些工作;我因此很早就意识到,成人的生活与时间有着紧密的关联。我不是因为被要求而认识时间的存在,而是从看到、听到的信息中了解利用时间的重要性。母亲与我共同做家务时,也总是告诉我,她"打算"在几点完成我们要做的哪些工作,"接下来"我们又要一起做什么;那"打算"就是真实的计划,那"接下来"就是正确的时间感。

母亲从不为我制订时间表,但常分享自己的计划,因此我当母亲这些年,也从不为孩子管理她们的时间。我学习我的父母,不间断地示范自己努力做好时间管理的言传身教。每当我分享完自己一天的工作计划,我会问孩子,她们自己一天的计划又是什么?仔细聆听之后,我或许会给一些建议或鼓励,也或许彼此约定努力完成后有个小小的欢聚,然后,我们就分头工作了,谁也不必监督谁。因为我们都知道,自己的时间要由自己好好管理,那是生命中最重要的财产。

◆ 我从几百位小厨师的身上印证了"来，我们来……"
是最不容易引起反感的柔性督促，
也让工作的进度随着同心与协力而有理想的进展。

您也许要问，小小孩适合这样做吗？我可以与您分享，这方式是非常适合也十分有效的。我的孩子从两三岁开始，到如今二十三岁，一直都是我在时间管理学习上最好的伙伴。

在小厨师活动中，我又从几百个小朋友身上印证了，"来，我们一起来做……"是最不容易引起反感的柔性督促，也让工作的进度随着同心与协力而有理想的进展。不只是被点名邀约的孩子，每次只要听我这样说，立刻会有其他孩子问："那我做什么呢？"我当然不能忽略他们想要积极参与的心情，以及因邀约而引发的工作契机，立刻找出分工的项目让大家各自定位。

"来！我们来……"代表的是我与你在一起，也可以是"你来做什么，我来做什么"的分工示范；这当中有各自努力、彼此鼓励的意味，也有对时间管理的认识以及已经采取行动并掌握进度的感受。

"来，我们来……"是一种同舟共济的感觉，是成人以行动对孩子诉说从家到社会都需要的合作。

如果您曾亲眼见过小厨师的工作能力，就不会否认，与其要督促孩子做这个、做那个，不如邀请他们一起来工作。你可以考虑把"来，我们来……"当成是你与孩子成为一生美好工作伙伴的揭幕语。

不能轻视的生活指导：好好回应

- 好好响应是人与人之间最基本的礼貌，
  往来的话语使我们感受到温暖和谐的气氛。
- 从对孩子诚恳说话做起、从愿意专心聆听做起；
  让孩子们从小习惯，好好响应是美妙沟通的第一步。

小时候，母亲对我们最严格的教导有两项。一是"素直"，要我们以单纯的心接受赞美或指正；二是"响应"，无论情绪好坏，总要态度良好、语言诚恳地回答他人的言语。

对于第一项，我并没有被学校老师如此要求的印象，但关于第二项"回应"这件事，却明确记忆每个老师都不轻忽这项生活态度的指导。所以，在我的想法中，响应无关乎是否羞怯的问题，而是一种基本礼貌——需要父母与师长通过教育帮助孩子慢慢形成的应有的社会礼仪。

我所带领的几百个小厨师中，第一次见面就能自然回应、有问有答的孩子，比例上占不到一成；对其他孩子，我给他们的评语是"态度良好但问而不答"。起先我有点讶异，但慢慢有了心理准备之后，就比较能适应这种情形。只是，了解并不能让我放下想要提醒或教导的心情，所以，我想跟所有的大人分享：我们是不是该重拾旧教养的坚持，帮助孩子学习"好好问答"这项基本礼仪？

在小厨师的活动中，如果是低年级的小朋友问而不答，我会推想他们可能是一下子被工作场景与紧张心情震吓住了，所以，我会找机会把集体谈话化为单独的问答，让响应的需要与范围都缩小，孩子通常就比较愿意开口。我也发现，有些小小孩很可爱，只要能低声与他们一对一谈话，他们都可以给我很好的响应。他们之前的反应的确是比较害羞的，但经过帮助与适应，就可以应对自如。

让我感觉困扰的其实是高年级的大孩子。大概有五六次这样的经验，当我说话没有得到任何响应时，我跟孩子说明我很需要他们用语言好好响应的两个原因：

一、我们是一个合作的团队，好好的响应代表你已经了解这项同心协力的工作正在进行，所以能给队员一份鼓励。否则在一个彼此不理不睬的工作团队中，士气怎么会高昂？

二、厨房有各种声响，因为工作紧凑，大家得分头各忙各的，无法以表情传递讯息。如果要求支持的话语没有得到明确响应，其他人就一定要放下手中的工作，面对面重新确认一次才能安心，这是非常浪费时间的工作方式。好比说，我正在水槽边洗东西，想到炉台上的汤正在煮，要请一

◆ 在团队的合作中，回答代表的是你了解这项同心的工作正在进行，所以能给队员一份鼓励。

个在炉台边工作的伙伴帮我把火关小一点，如果我没有得到她出声的响应，就得跑到她的面前去确定她是否听到了，或直接去关火。无论哪一种都是无谓的时间浪费。

事实上，不能好好回应的这种浪费，我也时常在亲子相处中看见。如果在公共场合稍加注意，就能看到一个母亲对孩子说话，孩子并没有任何回应，直到母亲把同一句话说到分贝奇高、怒气十足，听起来就像立刻会动手打人了，才听见孩子开口答话或以动作响应。

但也不是只有大人对孩子才如此。我更常看见，父母亲读着自己的报章杂志，孩子跟他们说话时，埋首其间的大人连眼皮都没有抬一下。因为自己是母亲，我并不相信这是没有听到而产生的反应，我认为这是大人选择了不回答。于是在长远的影响之下，有一天，当大家发现多数的孩子都问而不答时，我们就再也分不清什么是因、什么是果了。

有一次我去演讲，面对观众席的桌面上没有计算机，而屏幕在我身后，所以我必须不断回头才能看到我的投影内容；更糟的是，我也没有鼠标，所以不能自己更换投影片。于是，我站在讲台上向观众席询问："请问我可以借个无线鼠标吗？"当时有四五位老师站在面对我的远方，但是没有一个人给我具体的回话。我又问了一次，奇怪的是，现场还是一片安静，让我不知该如何是好。我只好再度说明："如果不能自己更换投影片，我很难往下讲，可不可以请谁回答我一下，我可以借无线鼠标吗？"在持续的沉默中，我只好开玩笑说："如果没有人给我答案，那我要回家了喔！"

之后，我看到一位老师从走道那儿拿着鼠标向我走来。也许，在我询问的四次当中，几位老师也并非没有行动，但是，大家可想过，一声明确的响应，对于站在讲台上的我来说，有多重要？

不过，那天对我最大的冲击其实是身教的反思。我至今还没弄清楚，"问而不答"这样的事，怎么可能发生在一个非常有教育主张的学校中？

好好回应是人与人之间最基本的礼貌，往来的话语使我们感受到温暖和谐的气氛。在家庭与职场内，好的响应能提高效率。所以，虽然在一天的活动中，我也许无法立刻改变孩子的响应习惯，但希望通过这份观察，身为大人的我们能彼此提醒，如果看到孩子有类似的问题，一定要给予协助，仔细说明响应的重要以及如何响应的方法。

从对孩子诚恳说话做起、从愿意专心聆听做起；让孩子们从小习惯，好好响应是美妙沟通的第一步。

◆ 小小孩很可爱，只要能低声与他们一对一谈话、经过帮助与适应，他们就可以应对自如。

好玩

> · 无数的经验使我相信,
> 只要是能使孩子专注下来的工作,对他们来说都很好玩。

我从小就是个外表很文静的孩子,因此在成长过程中,除了父母之外的大人,都习惯为我贴上"不爱玩"或"不会玩"的标签。这标签说明大人对孩子的了解常常是不透彻的,因为在成人的世界中,连"玩"这件事都有个呆板的定义。

我知道自己非常懂得游戏的乐趣,只是不爱长时间的喧闹或不爱在他人的注视下加入某些活动。当感觉到一件事"好玩"时,人所能达到情感的饱和与一种无法细诉的满足、安定,我即使在一个人的游戏中也能体会。欢闹或许会在事后让孩子有唯恐失去的落寞,但好玩的味道一旦尝过之后,便常存脑中。

这几年，我常常有机会看到各种各样与孩子相关的活动，有时候，连我自己都不相信那些安排对孩子来说是足够好玩的。于是，如果有单位邀约我去主办活动，我会提出自己的一份小小要求：为孩子安排的活动，就要以孩子为主；不要打着孩子的名号，大人自己行社交之实。

孩子是天生的游戏家，他们精力旺盛、好奇好动。如果不以孩子为中心，全心全意地关注他们的身心安置，一场活动很难办得好。我觉得技巧不是最重要的，诚恳才是最不可或缺的基本心意。所以，在设计小厨师的菜单时，我想的并不是工作对孩子来说够不够简单之类的问题。我只是把自己唤回童年，在心里问自己："这些工作会使小学一年级到六年级的孩子都感到兴奋吗？"

无数的经验使我相信，只要是能使孩子专注下来的工作，对他们来说都很好玩。记得一次有位小朋友被分派到小米粉身边去做沙拉，她很失望，因为在家里曾经下过厨、煮过饭，她一心以为当天自己要在厨房中大展身手。尽管失望，但工作很快就把她带离负面的情绪，上了更热情、必须更专心的轨道。忙完之后，她对小米粉吐露心声说："其实，我觉得做沙拉和甜点是最好玩的，因为可以自己设计。"

事实上，如果当天这位小朋友是被分派做主菜，我相信她最终的结论也会一模一样；她一定会觉得自己手中那份工作是最好玩的，因为她曾为它全心全意付出。

小学时，我因为兄姐都外出求学，生活中没有玩伴，所以得自己研发出好多游戏。起先，我会因为孤独寂寞而哭，但慢慢找出游戏的方法之后，专心于游戏就使我忘记想念或孤单的感觉。每一种情绪都一样，当它困扰

◆ 每个孩子都会觉得自己手中那份工作是最好玩的，
因为他们曾为它付出全心全意。

我们的时候是甩不开的,但是可以用替换的方式吸引自己离开不喜欢的境地。新的专注会使我们感到好玩,而满足则弥补了劳累的感觉。

有几次我看到低年级的小朋友,因为好几个小时的工作而拖着疲惫的步伐,我忍不住低身探问:"你会不会很累?"我还没有一次得到一个不耐烦的神情或一份抱怨的语气。他们总说:"不会啊!很好玩。"累,我想是一定的,毕竟在孩子的生活中,一口气紧张地工作好几个小时的经验并不常有,但"好玩"也真是全心工作后的肺腑之言。

对于在帮孩子办活动时应全心关注孩子这件事,我就是想要以大人的力量与言传身教,来帮助孩子领略专注的意义。

记得小时候,母亲曾在工作的百忙中答应为我的洋娃娃做一套衣服。在一个雨后的下午,母亲与我坐在父亲的书房中,缝纫机就停在书房右侧临窗的一角。我坐在榻榻米上,依母亲的指示帮忙剪她已经画好的纸样,妈妈就坐在缝纫机前一边缝纫、一边教我。有些工作对当时小学四年级的我来说也许还太难,但母亲并不刻意避掉那些部分,即使我还无法做,她仍讲解给我听。

几十年后,就在数个月前,当我在京都参观日本的传统织品展览时,我一看到缩缅与各种布的染法,马上想起十岁出头时聆听母亲耐心讲解布是如何缝出美好皱褶的话语。当时,对我来说最好玩、也最美的,莫过于母亲口中她的少女时代,以及端坐在缝纫机前愿意亲手与我编织娃娃梦的一个好大人。

只要我们真心关注孩子,就不难找出安顿他们的方法。

有一次,在小厨师活动结束前,我很想跟他们的父母报告几件事。当

◆ 一颗心与另一颗心全然相对，或一个人与一件事完全的交叠，这就是好玩！没有一定的形式与氛围，但它带来更持久的情绪与记忆，让我们感到充实、难以忘记。

我走向后区大桌的时候，我看到孩子们个个都想跟上来，还来不及思考该怎么办，我就看到小女儿 Pony 对着小朋友轻声一唤，她自己先蹲了下来，好像有个秘密要告诉他们一般，于是所有的孩子都被吸引了，也全蹲下身，环绕在 Pony 身边。她开始跟小厨师低声讲一则他们必须非常非常专注才听得到的故事，这让我有一小段完整的时间能好好与父母沟通，我的任务完成而孩子也没有受到冷落。

我想，这就是好玩！一颗心与另一颗心全然相对，或一个人与一件事完全的交叠。没有一定的形式，没有一定的氛围；但它带来一种比热闹更持久的情绪与记忆，让我们感到充实、难以忘记。

如何动手

- 如果不动手去做，再多的耳提面命也无法使他们体会要领，不如让他们直接做，我们再适时根据他们遇到的问题给予建议。
- 不经过做的过程、错的处境，更好、更正确的引导不会集结成经验。

　　成人因为生活经验比较丰富，可以长时间以讨论的方式来进行学习，但我觉得孩子不一样。我常常看到大人在教孩子做一件工作时，嘴上讲个不停，手就是不肯放开交棒，这情景虽然有趣，但大人却因为自己置身其中而看不清楚。

　　有一次我去新竹带一场亲子实作，有个小学四年级的小女生很想帮我忙，我知道她够大了，所以把手上用完的打蛋器请孩子帮我卷好收起。有个大人就站在我跟孩子中间，她从我手中接过了打蛋器，我以为只是要帮忙递给小女孩，没想到她一边问孩子："你知道要怎么收吗？"一边已经把线都紧紧缠在打蛋器上了。这一来一回当中，我们好像在教一个孩子，但事实是，她什么也没做到。我开始思考：给机会不是口头说说或心中想想的事，不交出工作就永远不算。我要自己在心里谨记这一幕。

为了督促自己在带领上能给孩子足够的机会，我实行任命"小老师"的教学方法。那就是，在每一个工作站，我们只直接教一个孩子，他一学会，马上任命他当下一个待学者的小老师。通过一年多来的实验，我觉得这个方式有许多好处。

一、打破年龄的迷思。不一定每件工作都要由大的教小的，而是应该由已经学会的人教不会的人，所以，很可能在某一个工作站，一个小学一年级的孩子会担任另一个六年级孩子的小老师。就彼此的认同与工作机会均等的思考来说，这方法非常自然也极有帮助，让我想到韩愈的"闻道有先后，术业有专攻"。事实上，突破年龄的尊重与合作，对完成工作目标有很大的帮助。否则，大孩子或许会在无意识中抢去小小孩的许多机会，一如我们大人始终难以放手的原因，绝无恶意，但剥夺却是事实。我认为时常抱怨手足争吵的家庭，也应该试试这种更公平的方法。

二、被任命的小老师开始教下一个小朋友时，我从他的教学中可以了解他刚刚学会的事是否完全正确。谁都不能否认，自己要真的懂得了才能教别人，"可以教"是"学会了"的多面检视。我们不用凡事通过考试来测验孩子的懂不懂，给他机会去传授所学，是非常温和实际的检视方式。孩子们也不用在同一份工作中比高低，他们知道，要把自己的东西学好，因为等会儿得当小老师，教给下一个伙伴呢！

三、教学中有动作的示范，也有语言的陈述，是多层次的学习回顾。

◆ 在每一个工作站，我们只直接教一个孩子，他学会了就当小老师，逐步传习。

◆ 小老师也忍不住对自己的弟子竖起大拇指。

我一向很重视孩子的表达能力，他们的教学方法够清楚吗，用词够精确吗？当我在一旁用心地听他如何教自己的学生时，我也有机会加入讨论，提点这些想法。

对小厨师的教学，我要求自己与工作人员尽量缩短口头上的叮咛与教诲，我一心想避免的是让孩子感到啰唆的负担与不耐烦。如果不动手去做，再多的耳提面命也无法使他们体会要领，不如让他们直接做，我们再适时根据他们遇到的问题给予建议。

在一年多来的放手实验中，我彻底懂得了为什么大家那么难以迈开任命授权的第一步。关键在于：我们对于放手和不放手所各自必须付出的代价并未认真去思考。然而，这思考是如此重要。停在教学却不给予他们做的机会，我们会在无意中耗费掉许多不该付出的资源。

以小厨师为例，当孩子把蒸蛋的汁液都按比例打好、过滤之后，他们得先分倒到汤杯里再送进蒸炉去，给他们自己倒，还是我们来帮他们倒？我主张让他们倒，否则孩子只尝到工作的一小角，既不完整也不过瘾。那万一打翻了怎么办？最糟也就是整理托盘、重补材料。一想清楚，就觉得实在不值得为了"以防万一"而处处剥夺"可能的机会"。

万一真的打翻了，那表示孩子的掌握力度还不够，不能用比较省事的倾倒法，而应该换成小一点的容器，让他们改用接驳式的舀取填装。这些观察对教学者是非常有意义的，不经过做的过程、错的处境，更好、更正确的引导不会集结成经验。

一年五个月过去了，好几百个小厨师曾进出我们的厨房与客席之间，尽量提供孩子操作的机会出现过什么损失或一时的忙乱吗？有，我们总共

◆ 教学中有动作的示范，也有语言的陈述，是多层次的学习回顾。

◆ 小老师在一旁观看自己所教的工作是不是已顺利接棒。

打破过两个盘子，然而这比我们以餐厅形式营业时少了很多。那次是因为在洗碗途中孩子的手套打滑，盘子太重而从孩子的手中溜出掉下水槽的。这让我知道要注意一个重点，因为市面上实在买不到小小孩的手套，所以，手真的太小的孩子，我们就请他们收取洗碗机出笼的干净碗盘，做餐具归位的工作；万一孩子坚持想尝试洗碗（对孩子来说，水也有一种魅力），那就绝不能戴手套才够安全。

我喜欢听小老师信心十足地教他自己的小徒弟，常常在悉心聆听中觉得甘拜下风。他们学得很快，用的词语有时候比我还专业，方法也更聪明。比如，教定时器的设定时，我说的是"清除"，有位小老师传授下去时，则告诉他的学生是"归零"，我忍不住问他几年级，他对我比比"四"。

在炉台的烟雾迷离中，我想起《论语·子罕》中孔子的感叹："后生可畏，焉知来者之不如今也！"我真想对他们说："好孩子！追上来吧。"我们会做更好的大人，帮助你们培养实力、把棒子交给你们。我们要培养自己更有作为，用努力赢得你们真心的尊敬；我们也会在进取中，真心欣赏你们的好架势。

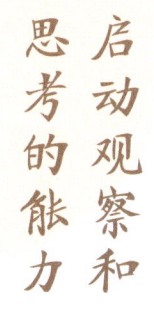

启动观察和思考的能力

- 要有效地处理学习，应当有三个步骤：
  观察、记忆、比较。
  而一个人如果心领神会这个过程的意义，
  就拥有观察、思考和自学的能力。
- 带领孩子，重要的不是耳提面命，而是启动观察与思考的能力。

发明电话的聋哑教育家贝尔先生对于学习有一份非常值得参考的研究。他认为如果要有效地处理学习，应当有三个步骤：观察、记忆、比较。而一个人如果心领神会这个过程的意义，就拥有观察、思考和自学的能力。

我曾在一篇专栏提到过去的十二年中自己对于孩子在中西两种教育模式穿梭的经验：

在中文社会，我们的教育一开始便偏重于记忆的训练，参考书市场的蓬勃发展是大人帮孩子处理学习三部曲的第二部的最明显例子，于是学童的工作是记忆他人为他们整理出来的重点。学习的成效当然很快就被看到了，因为检验知识的吸收，最方便省事的方法多半是靠记忆的检查。如果以同龄的孩子来说，我们学童的知识的确比外国的小孩要丰富，但这样的教育也有营养不良的一面，当孩子们的观察力长期偏废后，主动思考的能力与统筹整理资料的习惯就相对弱化了。

如果既能珍惜记忆训练的好处，也不忘记思考的重要，这样两种训练并重的孩子，通常在学习上会有更优异的表现。在中西不同的教育体系里，我都见过这样的孩子，区分点并不在地理，而是被培养者身处什么样的环境。教育思维的周延性对成长观察提供了足够的反省力。

每个孩子天生都有敏锐的观察力，好奇是他们的天性，如果能顺利启动天生的能力，教学者就能节省下好多力气。可惜的是，我们在带领孩子的时候，常常失去这份应有的互动观察，宁愿不顾一切地说个不停。

小厨师无论大小，只要开始工作，我们都期待他们养成随手清理台面、地板与把工具归位的习惯。餐厅里有各种各样的工具与餐具，我们店内的整齐原则是"物归原位"。

如果要一一跟小朋友说，汤匙放这里、打蛋器放那里，光是这些交代的话不知道要费多少唇舌；最重要的是，小朋友在一时之间记忆这么多的交代实在很累，这个认知途径也因此而显得非常刻板。我有一个更简便有效的方法，屡试不爽。

当我从洗碗机拖出一大笼热腾腾的碗盘工具待凉时，我会利用这个时间跟孩子们解释——每个工具都有一个"家"——这个"归位"的概念。

我要他们把厨房走一圈，先去认识每种餐具的家大概在哪里。比如说，大工作台下面整整齐齐地摆着好几摞的盘子，黑的、白的、圆的、长方形的都有，炉台的下面有各种各样的不锈钢锅，全都依大小排列。洗碗机的下方是二十几个套在一起的圆盆，而烤箱的上方有两大叠烤盘，吧台区的杯子又是怎么安排的。所有的器物都让孩子自己亲眼去看、去认，这比我们喋喋不休的介绍更为有用。

讲完"每个工具都有自己的家"这个守则之后，我就顺道一提对整齐的看法。

比如说：所有的盆与锅具如果都由大而小排列，就可以节省不少空间，而且显得整齐许多。刀叉这些餐具之所以要分类隔开，是因为拿的时候更方便、更节省时间，而不用从一堆混杂中去挑拣。一端大一端小的工具，如果同放在一起时能头尾交错，也会节省空间。

讲完这些简单的要领之后，我帮孩子把洗碗篮中的餐具先分类叠好，他们拿了其中一种，便开始认真地去找那餐具的家。

心里大概都记得了我先前的介绍，我看他们个个都找得好认真，没有人多问一句话，或拿着餐具不假思索地问道"这个放哪里"。

这个时候不问是好现象，他们没有依赖我的心情，而且已经在运用自己的观察与思考来解决手上的问题了。我特别注意孩子的神情，几乎每个孩子都一样，只要一为餐具找到自己的家，带着小小成就感的一抹开心立刻浮现在脸上，然后又热切地转身走向洗碗机，要去为下一份餐具寻找新定位。

记得有一次，一个体型特别小的小学一年级学生跟姐姐一起来参加小厨师，姐姐是六年级。这样的年龄差最显而易见的是，小小朋友难免在做

◆ 带孩子永远都是一步一步来，要让他们有足够的时间消化，也需要给他们自己解决问题的机会。

事时因为失去信心而害羞逃避，我决定交给他一件能使他专心、而且是他的体能可以完美成就的工作。

他也非常想像其他大哥哥大姐姐一样，一次拿一大叠盘子，但盘子太重他实在拿不动。所以，我把一大盘餐具分类盒交给他，请他把盒中的六种餐具，大小刀叉汤匙都重新排列过。这份任务使他非常开心，而他的全力工作果然使那一整盘分类盒看起来格外有质量。

带孩子永远都是一步一步来，该走时不要跳、该跑时不要停；一方面要让他们有足够的时间消化，另一方面也需要给他们自己解决问题的机会。

当小厨师们已经了解我的定位意思，下一个步骤我就交出那一整笼餐具。我甚至不用多说任何一句话，孩子们在接手时，已从我们先前讨论的定位规则与看到我如何工作的方式中了解，同类的器物要先堆叠起来再归位才会快，而不是拿到一个放一个。

虽然我们并不多强调那些专业名词，但这的确是非常实用的学习与演练。像这样的工作，父母平日在家都可以请孩子帮忙，甚至大扫除的时候，就把整个橱柜的东西都清出来，请他们规划并重新排列。

我们一向把思考的训练看得太难，以为非得问题困难，思考才能深刻，因此很少从日常小事中掌握给予训练的机会。我现在越来越懂得，为什么我们会用"路"来联结"思"。想法的确是一条途径、一种习惯，引我到不同的境地，成就我们对所有事情的看法与选择。

在小厨师的活动中，一旦开启孩子对于工作的思考，我的带领就立刻尝到事半功倍的好滋味。更重要的是，不爱被别人耳提面命的我，才可以真的做到不对孩子啰唆的反求诸己。

◆ 带领孩子，重要的不是耳提面命，而是启动观察与思考的能力。

自信的本质

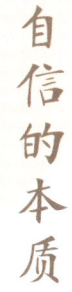

- 成就感很重要，但成就感不是礼物，无法用给的。
- 我的确喜欢赞美孩子，却从不凭空只说："好棒！好棒！"
  如果我想出口称赞一个孩子，
  一定会说出他受我欣赏的具体事实或行为。

很多人看到我很温和，总以此推论我是常常赞美孩子的大人。我的确喜欢赞美孩子，却从不凭空只说："好棒！好棒！"如果我想出口称赞一个孩子，一定会说出他受我欣赏的具体事实或行为。

赞美如果不经过严谨的思考，便会成为一种工具，变得空洞。迷思中，我们认为通过口中不停说着的"你好棒"，就会变出自信来，但是，谁能跨越能力建立的稳扎稳打，直接用赞美搭建出信心的基础？平心静气问问自己，我们对自己之所以产生信心，不都是因为真切地认识了能力的所在？

无论那能力是大是小，都是有过具体的感受而知道自己是不差的，那种自觉才会让人安心。

我觉得成人并不需要急着把赞美挂在口中。有比赞美更重要的事，是不要随便诋毁、批评、强硬插手，或因为善意与心急抢夺任何学习的机会。

在小厨师的活动中，我曾经多次看过某些孩子有一般人视为"没有自信"的表现，但是，我总提醒自己，不要轻易把这些标签贴在他们身上。我的工作是集中心力看顾孩子、认真地观察有没有帮得上忙的地方。我一定要找寻并落实那些看起来微不足道但可以稳固能力的引领。

比如，有个小朋友在削秋葵，才做了两三下，就把东西一丢，意兴阑珊地向我宣告："我不想做了！"这个时候，如果我说："不！你好棒！再做一下。"这的确是赞美也是鼓励，但是对他来说却不见得有用，如果他还是不想继续，下一步我又该说什么？

但我看到他的问题了，那削刀，他不大会用，握的方法可能不够稳，动起来不顺手，所以削出来的秋葵，跟旁边的小朋友一比就显得差多了。他自己看到、也感觉到其中美丑的差别。手中那秋葵丑丑的，但就是不知道怎么样才能削到跟别人一样美，索性不要做，是孩子小小心中常有的办法，尤其是经常被批评比较的孩子，如果能躲得掉，他们就会试着躲。

我能帮他什么呢？既不是说："没关系，你削得真好。"也不是昧着事实硬说，这已经够漂亮了。他心中显然有个希望，而我或许有更好的方法帮他。所以，我走过去拿起他的削刀，仔细跟他研究，要怎么使用会更灵活。他握太紧了，力量反而被控制住，我重新教他，慢慢把一个秋葵削得非常整齐漂亮。我握着他的手先做两次，再看他自己又做了两次，可以了!这下孩子自己都感到非常满意,那一刻,我们常挂在口中的"自信"在他心中落地了。接着他又削了满满一小钢盆,削完还问我:"还有吗?我还想削。"

从"不要"到"欲罢不能",孩子顺利地安顿了自己的心情,这中间并没有任何一句赞美,但的确有一些具体的帮助,这就是我想说的"建立能力的引领"。

成就感很重要,但成就感不是礼物,无法用给的。成就感,是通过能力来完成的过程,并不只是他人看到结果后给予赞美而产生的喜悦。在逐步完成之中,孩子的心里也会产生踏实的感觉,那种踏实就是信心的本质。而孩子需要一次次借着与大人共同工作,来认识、领会这样的感受。

我喜欢我的小厨师们习惯在人前做事,因为,只有不随意受批评的孩子才能自在地在别人注视下完成一份工作。也许我们喜欢把这种自在称为大方,另一种不能的孩子就称为害羞,但是,如果有适当的环境,有懂得接受与包容的氛围,每一个孩子其实都能自然地在人前做事。

当身边的大人总是强势指导或随意批评时,孩子们会想要躲躲闪闪,恨不得关在密室里把事情做好再呈现成果,免得被七嘴八舌指正或平白得来一顿骂。难道只有孩子是这样吗,我们不也一样?设身处地来想,如果我们身在一个非常和谐的环境,就算工作无法一下子上手,也不担心有人随意批评;万一哪里做错了,只要真心说声对不起,也就好了。这就是我想给小厨师们的工作环境。

为了让孩子集中心力,用专心来克服被观察的担心,我把每道菜都设计得稍微复杂。我并不担心孩子的能力不够,他们能做多难,关键常在于

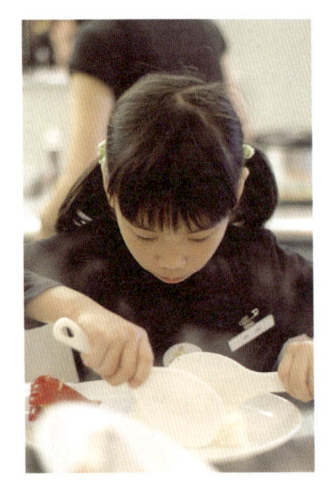

◆ 逐步完成工作，心里会产生踏实的感觉，这就是信心的本质。

我们愿意给多少机会。如果步骤繁复一些，他们会因为需要更加专注工作而忘了被看的紧张与尴尬，于是完成时才发现自己是在人前把工作一一做完的。而且当他们做出那么好看的作品时，心下的得意与满足让他们把那些大人老挂在嘴边的害羞、胆怯和缺乏自信的问题，都远远地踢到一边了。美好的经验告诉他，只要完全专心，目标是把工作做好，那么在别人面前做事，就一点都不可怕。

是啊！当这么美好的工作成果出现在眼前的时候，赞美根本是不经思索就一定会脱口而出的话语。那一刻，我们深切明白了，为什么除了"赞美"，还有所谓"由衷的赞美"。发自内心的称赞，原是受事实启发而不得不有的自然反应。你不是为了加强一个人的信心而刻意开口，你也不会只想说"好棒！好棒！"因为那刻纹细密有致的蘑菇在他们的小手下，幻化成圣巴索大教堂的屋顶；一大只去骨鸡腿卷起来，被小小贤淑的十个指尖穿针引线般绑成了好看的湖南粽型。那些具体的巧妙逃不过你的眼睛，于是你绝对不会无话可说或只是空洞地以"好棒！好棒！"来表明你衷心、完全的欣赏与赞意。

责备与安慰之间

- 如果能更静下心观察受到责备或安慰的孩子,
  了解他们的心情不一定如我们所设想,
  就能更清楚地帮助他们看到:
  人生并非做错就不可原谅,也非做什么都没关系的过程。

小厨师的工作过程里,孩子当然会有出错的时候。在责备与安慰这两种态度之间,我选择学习如何跟孩子用更快速的方法,来解决已经造成的问题,把心神转移到面对问题,而不是彼此的情绪相对上。谁的错,并不需要在当下讨论,如果能挽救后果,相信孩子的惊慌之心或罪恶感,都会以更和善积极的方式被缓解。

我们都曾经年幼过,对于大人是否真的生气是十分敏感的,不见得一句"没关系"就真正被释放。如果大人脸上的表情冰冷,只是口中说"没关系",即使是三岁小孩也能感受到,这声"没关系"可不是真的没关系。

如何使自觉犯错或愧疚的人感到自在,我从温和却不善言辞的父亲身上学过一次很好的经验,于是用此来对待孩子,既简单又诚恳。

爸妈总是分工做早餐,平常咖啡都是由爸爸泡的,他熟悉家里每个人的口味,慢工出细活地做出充满乐趣并让他自己引以为傲的咖啡。那个早上,母亲很忙,我觉得她有些心慌意乱,谢饭祷告之后,母亲手一拨,不小心把自己那杯冰咖啡打翻了,顿时,一家人立刻起身拿抹布,分头抢救桌面与地板。七十几岁的妈妈一叠声地不断低语抱歉,语声中有很深的自责与难过,那时,我听到爸爸说了一句话:"啊!不过这样就有机会再为你泡一杯咖啡了,我再来弄一杯更好喝的。"然后,他立刻转身回便餐台,动手调制妈妈的另一杯咖啡。

通常,大人面对小孩犯错的现场,总不外乎几种反应。

一是责骂声不断,或"下一次要更小心"等劝诫连珠炮似的倾巢而出。

再不就是大人表面看似平静但隐隐有肃杀之意,大家都知道谁在生气,沉默中,令人不安的气氛意在言外。

当然,这几年专家鼓励要细心呵护童心,于是大为流行的另一种情况是,大人无论如何都说"没关系!没关系!"。原本小小的状况,因为父母对孩子过度的保护,而弄得让人紧张万分;但实际的问题并没有处理,因为父母的第一要务只是保护他们认为孩子已经受伤的心灵。

我的小厨师当然也有把工作搞砸的时候,处理这些状况的经验对带领的伙伴们来说,都非常有意义。

有一次,小朋友在做蛋包饭的时候把蛋皮翻破了,当时因为等着送菜的小朋友在催促，后面点单也大排长龙，我立刻听到孩子着急地轻跺着脚说："怎么办？破了、破了，来不及了。"我花了不到一分钟跟他解释，蛋皮虽然破了，但饭还是可以用。说的同时，我立刻把另一只小锅交给他，要他热锅准备煎一个新蛋皮，我会负责帮他整理盘中的饭。

他听完后，好可爱地拍拍胸脯，像是在说"好险！好险！"几秒之间，我们立刻从慌张中重新集中精神来应付眼前的难题。虽然，我本可立刻接手，帮他重新煎一个蛋皮，但是，我觉得让孩子完整地了解处理的方法并亲自整顿，是更好的选择。这其中也不过是相差几分钟的说明与重做，却是非常值得的几分钟。

另一次，有位小朋友在我的请托下要把十颗蛋的蛋白与蛋黄分开。我看到他有些迟疑，感觉上似乎是因为从来没有打过蛋，而担心不能把蛋白与蛋黄分开。

一年级的小男生真的年纪还小，我只同理地想了一下便完全能了解他的担心。但这个时候，如果单是为他喊话加油，说："你能，你一定能。"这也只像勇气的催眠一样，对实务没有足够的帮助。所以，我立刻拿了一个碗，先教他如何敲蛋，再建议他一颗一颗分，别像电视中看到的，一打破蛋壳就在两手之间摇来晃去，以大师般的手法分离蛋白和蛋黄。我让他先把蛋顺利打开，倒在一个碗里，再用汤匙把蛋黄捞出来，这样可以不紧张地慢慢做。

他先是一敲太用力，于是蛋壳就戳破了蛋黄，我看到之后，跟孩子解释说，散蛋还是可以煎。我想让他知道，这些材料并没有浪费，等会儿大家可以把它吃掉；而如果他敲蛋的时候再轻一点，这份练习其实已经成功

◆ 当孩子出错时，让他们完整地了解处理的方法并亲自整顿，是更好的选择。

在望。也的确，从第四个蛋开始到第十三个蛋，每一颗蛋白与蛋黄都在那双小小手中顺利地完整分开了。

我们在生活中会不断面临各种小问题、小出错。该用责备或安慰来因应孩子的处境，就跟管教中的"打"与"不打"一样，并非是一个需要二选一的问题。陷于极端的思考会错过中间地带还有很多的应变与选择。

我们比孩子更成熟的经验，是用来依情况判断处理的方法。如果能更静下心观察受到责备与安慰的孩子，了解他们的心情不一定如我们所设想，就能更清楚地帮助他们看到：人生并非做错就不可原谅，也非做什么都没关系的过程。

能在责备与安慰之间采取更有效的应变与处理，对孩子的成长才会有真正的帮助。我相信成人带领孩子面对错误的稳静态度，能慢慢累积成他们将来要引以为参考的判断根基。

谨记不啰唆

- 教孩子最重要的事就是谨记不啰唆。
- "啰唆"就是对一件事的叮咛与提醒超过了应有的分量,而且是完全不检视对方可接纳的程度,只以自己的感受为认知中心,不停地发出讯息。

一次小厨师的供餐结束之后,我在讨论中跟小厨师的爸爸妈妈谈到:"教孩子最重要的事就是谨记'不啰唆'。"语毕,全场哄笑,那笑声掺杂着许多我们彼此都心知肚明的了解与省思。

"啰唆"就是对一件事的叮咛与提醒超过了应有的分量,而且是完全不检视对方可接纳的程度,只以自己的感受为认知中心,不停地发出讯息。

我们都非常了解人之所以会啰唆,其实是一种心灵固然愿意、也知道要放心,但行为却软弱的表现。没有一个孩童喜欢被啰唆,但即使是最讨厌被唠叨的孩子，一旦当了父母之后，却又变成了另一个理所当然唠唆个不停的父母。到底什么样的反省才能转化成力量呢？我一直想找出更积极的方式，来帮助自己从看似合理的担心中走出来。

首先，我必须想清楚："唠唆"是不合效益的；当我们只顾反复叮咛时，其实工作进度常因此中断，而且一定会产生不愉快的干扰。就好比说，当我把一盆西红柿交给一个小学一年级的孩子去切的时候，如果我只想到不时地提醒他："要小心！不要切到自己的手。""要小心，不要捏烂了！"这工作中的孩子难道就因此更安全吗？我渐渐懂得，能"放心"不是一种境界，它不是我们想就能做得到的。我们需要借着具体的改变，使不确定的危险或忧虑得到依托。所以，我应当主动建立可以让自己放心的接口，把原本可能被孩子认为唠唆的叮咛，转化成更有用的建议。

如果那个握刀的孩子令我担心他会切到手，我是不是可以把本想不断说出的叮咛，改为换一把更合他用的刀具，或调整更理想的工作台高度，或再示范更适合他下刀的角度？如果那个孩子看起来像要把西红柿捏烂，我应该帮助他把手稍微放松一点，并用更清楚的语言解释，作为沙拉用的西红柿捏烂了就不好看。

反复的话语通常并不能改变事实，却一定会使沟通变得沉闷单调。所以，如果把单向的交代变成双向的问答互动，就可以避免一大部分无谓的唠唆。避免唠唆，对我来说最有效的方法就是：聆听自己的说话。当我习惯仔细聆听自己说话的内容时，我就知道孩子为什么不喜欢大人唠唆了：一而再、再而三地说着同样一句话，无论谁来听都是乏味的言谈。

每一次小厨师的活动中，总有那么多小小孩在我身边动刀、持锅。一

◆ 我很喜欢在一旁专注诚心地看着小小学习者,从实作中累积经验,在反复操作中得到信心。

堆危险围绕着我们，而工作又必须争取时间，我怎么可能不担心？但又应该怎么避免不啰唆呢？

一旦习惯听自己说话，最大的改变就是我更懂得"转换语言"的要诀。当我想脱口而说"小心一点"的时候，我会听到自己已转换成另一个问句，"切得还顺手吗？"或"如果刀靠中间一点，应该比较安全？"

我没有受过任何与教育相关的训练，对于"教学"的专业知识，可以说是完全的门外汉。在带小厨师的时候，也许是因为不懂特别的方法，反而只能诉诸行动的信念：用行动引发参与者的热情，用诚恳的共同工作来发现更有效的技术相授，使一起学习的人了解原本陌生的事物。

我常在自己安静做家事的时候播放一片 CD，这是女高音 Maria Callas（玛丽亚·卡拉斯）在 The Juilliard School（茱莉亚音乐学院）大师班的授课录音。我一次次反复听着录音，心中非常喜欢。她没有太多的语言指导，学生哪个地方唱得不够好，有时候她什么都不说，只是自己唱一次示范；或只以一两句话稍作指点，让学生继续唱；师生两人反复练习，从中体会精进的意义。

这个世界有各种各样的成就者，当他们的故事被分享出来的时候，报酬与名声的讨论常常多于他们如何日积月累来扎实功夫的探讨，于是"天分"成为我们对成功的迷思。尽管爱迪生说："天才是百分之一的灵感加百分之九十九的汗水。"但是，我们还是习惯集中注意力去看待那不成比例的灵感。

听卡拉斯的上课录音，我想起许多令人佩服的成功者。不论这些人的天分有多高，如果没有一步一步的苦练累积，就不会有我们眼中所看到的他们的成就。

Pavarotti（帕瓦罗蒂）的歌剧是一出一出学来的；Rubinstein（鲁宾斯坦）的曲子是一首一首练成的；Vermeer（维米尔）的画是一幅幅修改、苦心研究过透视与光影的；Margot Fonteyn（玛戈·芳婷）的舞步之所以美妙，是因为她不间断地下苦功。我记得波兰著名钢琴家帕德列夫斯基说过："如果我一天不练琴，自己会听出来；两天不练琴，乐评人会听出来；如果三天不练琴，那就连听众都会知道了。"在感受成就不易之前，能了解功夫是练习累积而有的成果，相对于单纯仰望楷模实在是更重要的认识。

带孩子做事，如果不停地叮咛"要认真一点""做好一点""要跟谁看齐"，就容易犯啰唆的毛病；但如果像录音中的卡拉斯一样，在教学中以示范来展现功夫的集成，相信跟着学习的行进者必会受到有如沐春风的鼓舞。

我很喜欢这样的教育，教学者在一旁专注诚心地看着小小学习者从实作中累积经验，在反复操作中得到信心。如果我们都把语言留给最有用的分享，而不是用作耳提面命的反复告诫，相信学与教的人都会有更多的空间，并能从稳静的思考中找出对自己有益的触发与分享。

◆ 我希望用行动引发参与者的热情，用诚恳的共同工作来发现更有效的技术相授，使一起学习的人了解原本陌生的事物。

生活即教育：如果家家都有小小厨师

家事的练习

- 提供孩子一份完整工作的机会；
  积极采取行动、慢慢期待成果；
  欢迎孩子进入家庭真实的生活运作。
- 提供孩子一份完整工作的机会，其中有策划与统筹的思考训练。
- 从动手做中得到心理健康的好处。

很多父母亲眼看见自己的孩子在小厨师活动的工作表现之后，都忍不住给了一个让人啼笑皆非、却又有些传神的评语——判若两人。

父母们在会后的讨论中带笑投诉，质疑道：为什么在家叫孩子帮忙家务就叫不动，他们来当小厨师却这能干又自动自发。这其中有很多原因使父母感到奇怪，如果用最简单的形容，"判若两人"的确合适。

使孩子不一样的原因，有几个一眼就能看出的条件。

一、这个活动的工作空间是一个正式营业的餐厅，设备与气氛对孩子来说有如大型家家酒，其中不可置信的兴奋与游戏的真实感当然与在家或教室的体验大有不同。

二、工作的内容因为有时间的限制，所以对孩子来说非常紧张、刺激。虽然我从不强调这个活动的好玩，但会后如果我问孩子累不累，到现在还没有听过第二种答案。他们共同的心声是："不会累啊！很好玩。"不可否认，玩是人的天性，但"好玩"的事一定有一种饱足人心的必要条件。孩子不一定需要大声跑叫、恣意而为才会觉得好玩或快乐，这个活动因为工作的需要而使他们必须专心投入，虽然在体能上很辛苦，但他们也能体会到好玩。

以我所设计的实作来说，内容的确是超过一般人对孩子能力的认定。不过，这一年多的经验印证，我并没有错估孩子的能力，他们是能做这么难的工作，也必须做这么完整的任务才会感到满足的。但是在家里，父母或许会认为某些事"有尝试过"就好了，真要放手让孩子一路做去，心里总有几层障碍。

那么，在家里做家事又可能有什么状况呢？

想来，这个笑话大家一定不陌生。

晚饭后，母亲和儿子洗碗，父亲和女儿在客厅看电视。

突然，厨房里传来打破碟子的声响，然后一片沉寂。

女孩望着父亲说道："是妈妈打破的。"

"你怎么知道？"

"她没有骂人。"

虽是笑话，不过应该也可以作为生活中的写真。很奇妙地，大人对于带孩子做家务常有许多复杂的思绪，而所引发的感受，即使不同的家庭也常常出现同样的氛围与反应。总之，家事教育这份工作，就算是十分认同它的价值与意义的父母，也很少在生活中彻底执行。

父母对带领孩子做家事的心理障碍，归纳起来不外乎几点。

不耐烦——父母常因时间有限而无心跟孩子一起工作，宁可打发他们离开。记得有一次我曾称赞一位小学一年级的孩子工作做得很好，我猜想他在家一定常常帮妈妈做家事，没想到他有点老气横秋地回答我："那是不可能的啦！妈妈说我很慢，她自己来更快，她会叫我去看电视。"

不放心安全问题——如果切到手怎么办？如果打翻东西要清理，如果打破会受伤。

不安心孩子的工作质量——父母在放手之后常觉得孩子无法把事情做好，但想到教育的重要性又勉强让他们浅浅地参与。点到为止或中途被停止的片段式工作很难引起孩子对家事的喜欢与深解其味的乐趣。

不忍心——觉得交付的任务太重。

质疑孩子为此付出时间是否值得——父母总以为，每一份时间都可以用来创造成绩，因此，如果把时间拿来做家事就好像是一种浪费，使他们感到不安心。但我们忘记了，事实上，没有任何一个人有办法成天只做功课、读书；适当做一些家事，才是生活里的正常情况。

我常说，在以前的年代，无论父母如何宠爱，大环境的种种不便自然会教给我们一些照顾自己的生活技巧，但对现在的孩子来说，这些条件都不见了。只要有一家便利店、一台计算机，他们的生活就可以供应无缺，

◆ 提供孩子一份完整工作的机会,其中有策划与统筹的思考训练。

生活即教育:如果家家都有小小厨师

就算什么事都不会，也能活得舒舒服服、有吃有玩。因此，如果父母再剥夺掉他们做家事的机会，以及体认每个人都该对生活有所贡献的基本认识与训练，那孩子的问题是会层层扩大的。

去年冬天，我去听洪兰老师的一场演讲，她提到《浮萍男孩》这本书，并从科学与实验的角度分享了许多观念。我对于老师提到的"多层次的教学"很感兴趣，回家后几次细读了整本书，在第五十二页中读到"从动手做中得到心理健康的好处"与其后的整章阐述，真是心有所感，这就是被我们所忽略的教育。有多少父母即使等到孩子出现了心理问题，也还想不到这是孩子的生活失去平衡所造成的影响。

你的家庭当然不可能每天像我们一样，以餐厅运作的形式来带领孩子做家事或了解生活中的互助。但是，如果你能从我的分享中看到"提供孩子一份完整工作的机会""积极采取行动、慢慢期待成果""欢迎孩子进入家庭真实的生活运作"这几个突破点，也许，你就不再觉得孩子是因为在别人手中才有出乎意料的表现。

中国人古有明训："养不教，父之过。"现在则应解为"父母之过"。有谁能比你更爱自己的孩子呢？所以，还是自己好好照顾他们吧！

◆ 让孩子进入家庭真实的生活运作，学习照顾自己、贡献他人的生活技巧。

生活即教育：如果家家都有小小厨师

公平

- 我把公平当作一种愉快的心情来自我要求，
  只求自己的情感出发时都相同，
  而不是用刻意的行为来弥补不公平或彰显公平的决定。
- 一旦紧张自己公不公平，一定很难做到真正的公平。

我这一生中自觉受过最好的赞美，是有人说我"很公平"；而那两次"公平"的赞美因为都出自孩子的口中，对我来说是更值得珍惜的礼物。看待这两次的称赞，与其说只当礼物，也许更可以说是礼物之外的功课；它提醒我要当一位诚恳的分享者，无论我面对的是大人或孩子，只要公平就会顺利。

我之所以感到讶异，是因为公平虽然是自己从小心向往之、长大后也深植内心的教养准则，但我从不曾为了要展现公平而有特别的举动。可以说，这是一种价值与心情，虽然无时无刻放在心中，却没有压力，也没有外显的规条，我甚至很少把"公平"挂在口中。

第一次听说自己得到"公平"这份赞美，是来自好友美玲的转述。美玲的侄女品萱、品蓁曾参与我带领的一场韩国泡菜实作活动，那次，我们原本的计划是带八个弱势家庭的小朋友一起做泡菜，将做好的泡菜转售出去，得来的款项再给孩子当零用钱，以购买需要的文具与生活用品。这样他们既可尝到一起工作的乐趣，又可靠自己的劳力赚取零用钱。

在我预定从新加坡返回带领活动的一周前，美玲写信告诉我，有个资优班的老师得知这个活动，也想带几位小朋友一起来参与，她问我合适吗。合适吗？我自己想了一想后，给美玲回了封信："我想是合适的，就这么办吧。"

在我看来，"资优"是一张学习能力认证与孩童阶级划分的意识贴纸，由大人规划而成，孩子是不可能自己想出这样的分别的。我小时候在小小的乡下念书，父母是当地受过最高教育的成人并主持一所中学的教育，在学校我们的功课也都很好。但从小，我所身临的教育实况是，就算是班上最不会念书的小朋友，他们从老师那儿得到的机会跟我是一模一样的；我们功课一样多、一样被要求认真听课。我想，这就是我所知道的公平。

这种经验使我懂得如何让不同的小朋友同处一个团体，如果我没有问题，相信他们就没有问题。事实上，在美玲对我初提此事的时候，我的确曾经认为：功课资优未必在生活上也资优，但仔细检讨自己这样的心态，又觉不妥，这不也是另一种不公平吗？我为了保护弱势家庭的小孩，已经在想法上"歧视"被大人视为资优的孩子了。

活动那天，我把孩子的分组全都打散，如果不通过一些非常微小的地方，光从长相、工作态度与反应，我无法区分哪些是资优、哪些又是弱势家庭的小朋友，尤其在他们都需要拿下身上配件、穿上围裙的时候。人为的照顾无法掩盖孩子天生的明朗。在机会一样的一天里，孩子已经忘记标签的存在，他们相处得非常好。

经过这一天，据美玲说，品萱与品蓁两姐妹因此非常喜欢我。当美玲问品萱为什么特别喜欢Bubu阿姨，孩子回答说："因为Bubu阿姨很公平。"美玲与我分享时，我很惊讶，觉得自己并没有特别做什么"公平事"。

又过了两年，在三峡也举办了几十次小厨师活动。每一次，我只求自己都能像第一次那样，全力以赴来带领孩子，在那一天，我什么都不多想，因此而特别懂得"当下"的意义。这一天里的每一个孩子都很重要，这就是我唯一的任务。

暑假，我收到一封从新竹寄来的卡片，上面写满参加小厨师后的感想与谢意，其中有一句话是这样说的："我最喜欢Bubu阿姨的原因是，您对每个人都一样，您很公平。"

第二次从孩子口中得到"公平"两个字的赞美时，我竟然有掉泪的激动。我拿着卡片，静静思考许久——对孩子来说的公平感受到底是什么样的感受？

记得有一次Pony来当我的小老师，也对我说起类似于"公平"这样的想法。她说当在带领中发现有一两个小朋友会特别黏她的时候，自己看到眼前的孩子长得这么可爱又亲近，虽然也很想多跟他们在一起，但是她

◆ 在机会一样的一天里,

每个孩子都相处得非常好。

马上就记起，自己在童年成长的每一个阶段都有过特别喜欢的大姐姐或老师，也希望能赢得他们的另眼相待。Pony 以大孩子的成熟对我说，就是因为这份心情的回顾，她在面对每一个孩子的时候，更感到公平对待的重要。

在照顾两个女儿二十几年的过程里，我很少特意去思考，什么样的对待才叫公平；我只跟自己确认，我爱她们的心是一样的。虽然，差三岁的妹妹常常接受姐姐穿不下的衣服，但我一点也不觉得这显示的是一种不公平；孩子也从来没有说过，条件的差异使她们感受到不公平。

我相信自己一直都在学习公平这份非常困难的带领功课；但是我也同时看到，想要把结果拉到看起来都公平，更会限制我们的思考，反而促使我们去做非常不自然、本来不应该有的决定。也许，不公平除了恶意与疏忽之外，还有另一种表达形式——当刻意的妥协或弥补使原本可以畅然相待、体会善意的双方都失去焦距时，不公平的感觉便会借机而出。

所以，我把公平当作一种愉快的心情来自我要求，只求自己的情感出发时都相同，而不是用刻意的行为来弥补不公平或彰显公平的决定。一旦紧张自己公不公平，一定很难做到真正的公平。

◆ 诚恳的分享基于同样的情感出发点，
  无论面对的是大人或孩子，只要公平就会顺利。

秩序

- 如果在要求孩子守纪律之前，大人能先定下心来观察他们的身心需要，一片祥和就不再是困难的希望。
- 让孩子有事可做，可做的事又能引发乐趣，当然是维持秩序最好的方法。

在任何有孩子的地方，秩序会决定他们令人喜爱的程度。虽然每个孩子在父母的心目中都非常可爱，但不可否认，一个闹起来足以搅乱环境的孩子，大家即使口里不说，望来望去的眼神之中难免载有责备之意。

自律与自由在教养的议题中不断被讨论，道理却未必能越辩越明，因为谈到某一个程度就成了捍卫立场之战。如果孩子调皮捣蛋引来他人的目光，父母亲有时候也会以"这样的孩子才聪明"，来为自己找个下台阶。

不过，事实永远是事实，动静与纪律无法作为孩子聪不聪明的观察指标。我思考的是，当一个好大人，要如何不用独裁压制的方法来安顿孩子的身心，使他们也能感受到纪律所产生的气氛之美与自己对环境的贡献。

小厨师开办半年之后，我接到一通华视记者的电话，她客气地问我可不可以实地拍摄采访一次小厨师活动。我先是婉谢，因为觉得孩子在镜头的跟随之下一定难以安定工作，这也不是我所承诺于父母的教导环境。但这位记者小姐非常诚恳客气，一再跟我沟通，说这对其他父母是很有意义的观念分享，后来我们约定好，如果我能征得某些小厨师父母的同意，在绝不勉强孩子发言、尽量让他们感到自在的情况下，就可以进行采访。

我很谢谢在整个过程中，因为顾及孩子的工作状况与心情，记者小姐的采访工作当然非常不便，但这也表达了我们共同对孩子的珍惜之情。几个星期后的一个下午，我又接到这位亲切记者的来电，她告诉我，当天非常讶异孩子能有这么好的秩序，但在活动的行进之间，她也并没有看到我特别的叮咛或告诫。

记得很久以前，丹麦有位船长叫尼尔森（Mogens Frohn Nielsen），他领航的富尔敦号（Fulton）专门收容在学校遭遇挫折、行为偏差、在团体中不受欢迎的青少年。尼尔森在海军服役的时候就已经发现：属下人员进行的有意义工作越多，犯军纪的人便越少。这个观察与经验很有用，当他让船上的孩子做越多事时，纪律问题也就越少，只要孩子明白自己的工作，带领便没有问题。

参加小厨师的小朋友当然没有行为偏差的问题，但是孩子群聚之时就必然有秩序维持的需要。维持秩序不外乎两种方法：由内安定或从外加压。

让孩子有事可做，可做的事又能引发乐趣，当然是最好的方法。小厨师的工作基本上就有这样的特质。我会估量所有的工作够不够孩子做，以及工作的分量足不足以引起他们身心的满足。

说来不可思议，即使我的小厨师们个个这么小，在前两个半钟头要准备汤、前菜、两款主菜与甜点，后两个钟头要开始接待、供餐、收拾、上甜点饮料、整理厨房，这么繁复陌生的工作仍然不够满足他们的爆发力。所以在一年之后，我决定把每一梯次的十二位小朋友减少到八位，好让孩子都有更大的工作量。

我常喜欢提醒大家在活动中深感帮助的一份体会。我建议在为孩子举办活动的时候，要好好检视内容，如果发现必须花费很多时间来维持秩序，很可能是活动的内容并不够扎实，无法完全满足孩子的需要。

在小厨师活动中，我们所遇到最大的问题是孩子的投入过分积极而引发争夺。小米粉曾经跟我倾诉自己的紧张，她说，当孩子开始抢工作的时候，她就会担心危险。有一次，两个小朋友因为都想端托盘送菜而同时去拉托盘，她笑说自己那天有些"火气"，很严肃地跟小朋友说："你们不该争的，如果这样抢，那不如我去送好了。"她忍不住笑着跟我描述，两个小朋友一听，同时把手拿开正在拉扯的托盘，看着对方说："那让你送好了！"

我笑着再一次交代小米粉："我们的目标是解决问题，帮助小朋友看到合作的可能性与重要性，而不是指责任何一个小朋友的不对。"如果孩子们经过指导而了解到"抢"会让工作变慢还可能发生危险，就会真心接受轮流工作的合作方式。

世界上有很多国家曾分享如何以有凝聚力、有意义的活动来安顿孩童或青少年过分旺盛的心志与体力，其中美国费城的墙画活动成绩斐然。这本来只是一项要引导青少年从有损城市形象的涂鸦转为更有意义的创作，二十年之后竟发展为大型艺术公益项目。我觉得这其中最有意义的经验，是以"看重"与"转化"来重建美好的秩序。

我们应该重新省视与孩子相处的质量，以及提升对他们有益的身教与对待。纪律使生活有更和谐的气氛、更多兼容的可能。如果在要求孩子守纪律之前，大人能先定下心来观察他们的身心需要，一片祥和就不再是困难的希望。

◆ 让孩子有事可做，可做的事又能引发乐趣，当然是维持秩序最好的方法。

◆ 我们的目标是解决问题、帮助孩子看到合作的可能性与重要性。在要求孩子守纪律之前，先观察他们的身心需要，一片祥和并不是困难的希望。

安全

- 我们的责任除了让孩子学会如何动手完成工作，
  更重要的是如何安全地工作。
  拿掉与避开危险，看来是一时可行的想法，
  但也会阻碍我们对生活的正常认识。

我常开玩笑说，我一直不喜欢亲子活动的原因是，大人与孩子共同工作时老爱帮孩子出意见，又会抢他们手中的工作或工具；如果爸爸妈妈一起来参加我的小厨师活动，光看到那把刀就会当场吓昏，很可能会一把抢下工具直接代子女上阵。

我这样说的时候，玩笑的成分当然是有的，不过，借着玩笑吐露严肃的观察也是我的目的。因为我怕正襟危坐讨论这样的事，在二元对立的思考模式下又要引起一场无谓的辩论。

我们的社会已经习惯动不动就进入一场唇枪舌剑的混战中。当小厨师活动因为一些文章而传播开去时,有的人赞成让孩子积极参与生活,也有人觉得我根本就不该让孩子做这么危险的事;反对的人说,孩子体会生活、学习厨艺,从餐桌礼貌或美食的尝试开始就好。

我对种种意见都没有回应的理由是,小厨师活动是我对教育的分享,而并非要勉强大家接受这样的观念。觉得这种教育方法不好的父母,当然不会实行,这不是教育制度里的必修课程,没有人可以强迫父母接受;而不放心的父母,也不会把孩子送到我的手中。至于安全的考虑,我所要承担的责任绝对不比在家当父母的来得轻。如果孩子真的在活动中有一丁点儿的安全问题,我是没有任何说辞可以为自己避责免难的。

我的勇气到底从何而来,仔细想来竟没有真切的答案。不过,我的确看到一种普遍的状况:对于生活中的许多学习,成人的观点其实是"从教育上看都很有意义,回到生活上实不实行都没有关系"。从概念到实现,是教养这条路真正漫长的距离。

如果一一检视小厨师活动的每个细节,每一样都危险。切菜要拿刀,站灶台旁可能被烫到——咖啡机的蒸气有一百摄氏度、洗碗机的掀盖一打开也有九十几摄氏度,这些想之让人却步的种种危险都要以孩子自己的小心提防来避免,而这就是生活真正的面貌。

小厨师活动进行了一年之后,我曾经局部调整、装修过工作现场。当时,我曾想过要把所有的设备都调降高度,好让它看起来更"可爱"一些,也更能配合孩子的身高。但转念一想,又觉得这其实不吻合孩子所面对的生活实际,那将只是个"理想"的教学环境,但那种完美却无法在他们自

◆ 我们的责任除了让孩子学会如何动手完成工作，
更重要的是如何安全地工作。
拿掉与避开危险，看来是一时可行的想法，
但也会阻碍我们对生活的正常认识。

己的日常生活中复制，对父母来说反而更无法成为经验的分享。

所以，我终究还是以一个成人尺寸的生活环境来展开小厨师的工作，他们所面对的条件与危险和家中一模一样。不够高的地方要拿小椅子垫高，得低身探入的水槽，只有抱持警觉心才能形成保护。

有些安全观念与处变的能力，的确是从生活中才能建立反应式的警觉系统。这些经验不会只对一件事有用，还能借用在其他的情境中，但基本的训练与经验模式不能不从小培养。

通过知识可以教授孩子的安全观念，但是，人无法光凭记忆灾难的应变法则来确立自我保护系统。不了解危险的所在，或没有足够的应变经验，也许更是另外一种不安全。

我二十七岁时第一次创业开了一家小餐厅。有一天，一位员工去开桶装瓦斯前竟忘了先把接头接好，瓦斯在瞬间喷射而出。当时，所有员工都知道瓦斯以这样的速度外泄非常危险，却没有任何人采取行动，全场陷入一片慌乱。

我之所以有勇气并能以最快的速度冲到瓦斯桶前把开关扭紧再指挥下一步，这跟从小常要面对生活中的小危险和解决难题所累积的经验有很大的关系。我常笑言，当母亲把整个家交给四年级的我来照顾，她怎么不怕我在用焦炭烧洗澡水时，把我们那栋木造的校长宿舍付之一炬？

有一次，我与一位七十岁的老人家聊天，她说起自己在乡间八岁就用稻草煮饭。八岁？稻草？我不禁问说："稻草的烟灰会飞呢，这不会很危险吗？"

老奶奶似乎对我有这个问题感到更讶异，她气定神闲，只轻轻回答了一句:"危险,小心就好。"

是啊!面对危险,我们难道有比"小心就好"更重要的面对方法吗?拿掉与避开危险,看来是一时可行的想法,但它也一定会阻碍我们对生活的正常认识。

在小厨师活动中,我们的责任除了让孩子学会如何动手完成工作之外,更重要的是如何安全地工作。比如说:

在掀开锅盖时,要往自己站立的相反方向先开一个小缝,好让热气透出,免得烫到自己。

拿一只烫的锅具,用干的抹布比湿的抹布更安全,因为水导热比较快。

盛汤的时候怕烫到手,可以用另一只带柄的容器托着碗,这比用手端碗舀汤让孩子感到安全多了。

拿一把刀的时候,手的握姿与下刀的位置,都会因为自己关注的方法而更加安全。如果猫会把爪子收起来,小朋友也一定会懂得把手指头收在刀片之后是最好的自我保护。如果切一只滚来滚去的圆形蔬果不安全,小朋友知道要先切下圆形的一缘,作为底座,稳稳摆好再继续切。只要做过一次,他们就会了解每次下刀前要审慎思考稳定的意义了。

如果姜磨到尾端怕擦到小手,用一把小叉子作为接替的握处,岂不是一个理想又有趣的自我保护法。

以我对小朋友智力的了解,我确信这些要领能提供更多想法,使他们对安全有切身的认识。

◆ 拿一把刀的时候,手的握姿与下刀的位置,都会因为自己关注的方法而更安全。

没有跟不上的孩子

> ・聪明是耳聪目明的意思,我常告诉年轻的父母,
> 耳聪目明就是听得清楚、看得仔细,那是"专心致志"的表现。

为了让小厨师的活动有更自然的发展,我编梯次的方式完全是以报名的先后为顺序,这就难免会遇到同一期里有年龄或性别的参差。有时候,当名单一出来,我看到大部分都是一二年级的小朋友时,也不免会涌起一份小小的担心,暗暗捏一把冷汗,但通常一转身也就释怀了。毕竟,我对小厨师的信心其来有自,连幼儿园刚升上小学一年级的孩子都能全心投入五六个小时,空担心不会给我任何的帮助!我该把心思用来设计活动内容。

孩子报名时,我们只要求填写姓名、年级、性别、家长的姓名和联络方式,其他数据一概不收集。虽然有些父母会自动填上孩子就读的学校,但我在带领每一梯次之前,通常因为太忙也无法细读。

在活动中，我得借助名牌才能叫出孩子的名字。几次之后，我发现，身高与面容的成熟度并无法帮助我判断他们的年纪。一起工作时，我们讲究的是良好的学习态度、抬头挺胸的精神与好好说话的沟通，其他数据一点用处也没有。有一次我甚至闹了一个笑话，在工作中看到一个小男生去牵另一位小女生的手时，突然心下一惊，觉得这友谊的进度也未免太快，稍后才知道他们是兄妹，暗自在心中好好笑了自己一场。

有些父母因为看重这个活动而稍感紧张，他们会在孩子被通知参加之前来信告诉我，他们的孩子对家事有浓厚的兴趣或平日进行哪些练习，有些父母甚至担心孩子完全不会厨艺当天会不会有麻烦。我只能尽量缓解他们的紧张，提醒父母这只是一场让孩子参与生活的学习活动，并非"儿童烹饪比赛"。

几百个小厨师与我们共同完成一日的餐厅经验，而后回到自己的生活中。我自己最惊讶也最纳闷的是：为什么我从未感觉到，有任何一个孩子是跟不上进度的呢？

某个星期，发生了一件颇让人省思的事。一位小朋友的母亲在参加活动之前曾写了一封信给我，信中充满了担心，似乎这个孩子有些"与众不同"的地方。我好好地读完了信，但没有特别记下名字。我不想让这位母亲的担心成为我的限制。如果在教学的现场，我发现这个孩子有任何学习上的困难，我自然应该根据观察来调整带领的方式。

在兴奋与忙碌的情绪中，活动顺利地结束了。每一个孩子都在五个多小时里学会了许多困难的工作，并热情地呈现了他们的所学所感，那一天，他们都是非常神气、自我尊重的小厨师。当晚，我在自己的博客中记下工

◆ 每个孩子都在五个多小时中学会了许多困难的工作,并热情呈现了他们的所学所感,他们都是非常神气、自我尊重的小厨师。

生活即教育:如果家家都有小小厨师

作感想：什么使事情顺利运转？是完全盯紧目标的真诚合作。在这个时空里，没有挑剔与抱怨，没有时间的浪费，没有多余的话语；孩子们虽然彼此陌生，却在工作中建立互相支持、温和协调的默契。

我才刚把日记写完，就收到那位母亲再一次的信息，除了致谢之外，信中以"慢飞"来形容孩子平日与人互动和学习的特质。我突然想起，之前那母亲在信中或曾想要告诉我一些孩子的困境。但我想了又想，就是无法从当天的记忆里找出与信中描述吻合的那个孩子。

我又把一整天的照片从档案中调出，看了又看，也完全想不出当天有哪个孩子对我来说是"特别慢"的一个。他们都学会了我们所教的技术，完成了工作的交托，并尽心尽力帮助团队完成总体任务。如果当中真有快慢，也不过是几分钟之间的熟练差别；这种差距，以一个孩子的学习旅程看来，实在微小到不需要用快慢来标示高下。我以他们的表现为荣，也非常高兴自己在这之前对他们没有任何的成见；否则，我很可能会因为接受了别人对他的判断，而未曾给予本该提供的机会。

聪明是耳聪目明的意思，我常告诉年轻的父母，耳聪目明就是听得清楚、看得仔细，那是"专心致志"的表现。在小厨师的活动中，我想帮助孩子养成专心做事的习惯，而不是选出聪明的优质品。

我曾遇过被娇宠到不懂得尊重环境、因为以自我为中心的行事习惯而阻碍活动进展的孩子，却还没有碰过因为"慢飞"而影响工作进度的小朋友。所以，我深信在学习的路上，没有比"愿意专心投入、坚持做完"更好的特质。这是我对小厨师活动的期待。到目前为止，我很满意、也很享受孩子所展现的专心之美。

◆ 我深信在学习的路上,没有比"愿意专心投入、坚持做完"更好的特质。

跟进

- 如果教育是真正的开放包容，就不该以形式、结果来归类孩子。

要接受孩子之所以喜欢学习，是有各种理由影响着他们，

并不是只有压力和强迫才会造就出一个小小年纪就热爱学习的孩子。

即使在回想中，我仍能清晰地从声音中感受到吴小璠讲这句话时中气十足、精神饱满的样子。

"你好厉害喔！我要跟你学。"

当时我正在厨房中带着小主厨工作，耳中的话声一落，我就忍不住抬头想找出这话是谁说的，好想仔细端详这样的肺腑之言出自哪一个孩子的口中。虽然这句话只是由十个很普通的字所组成，可是那语声中的佩服与真心要跟进、急着想学习的热情，真是意在言内、完全的真情流露。

我看到了那孩子戴在胸前的名牌上写着"吴小璠"。啊！是吴小璠啊。

我与这孩子先前虽然没有见过面，却因为一个突发事件而知道了一些她的信息。

在报名的一千位小厨师中，我原先就认识的小朋友不超过十位。通常，在活动之前我只注意孩子的年龄，并不详读他们的资料。那天之所以一看名牌就知道"吴小璠"是谁，有个特别的原因。

五月七日原本有场小厨师活动，但我前一天感冒，在六日深夜发烧了，七日清晨还不见好转，只好取消活动。因为担心并不是每个人都会天天收发电子邮件，所以，我一定要电话联系确定家长接获通知。问题是，当天列在名单上的那批小朋友中，只有吴小璠在报名的时候不知为何并没有留下任何电话信息。

我很着急，想尽办法要从各种管道找到可能的通知方法。看到报名数据上附注了就读学校，我想如果上网查询学校的班级网站，或许有可能找到联络的讯息。

学校的网站没有刊载学生的通讯数据，但我却因此看到吴小璠名列在学业优异的榜单上。不过，知道她是第一名也不能帮助我顺利找到她，所以那天早上，吴爸爸、吴妈妈就带着小朋友白跑了一趟三峡，而我自己身体不舒服，也没能在场等待，由小米粉负责在店里等。

我心里很过意不去，当天被取消活动的小朋友大部分都顺延参加了往后的梯次，所以，我也很快就见到了吴小璠。

每一梯次，我们的工作都一如往常的忙碌，我的眼神和心思也总是跟着孩子到处跑，无法特别注意某一个孩子。我是为寻找那声"你好厉害喔！我要跟你学"，才从名牌又联想起"吴小璠"的名字。

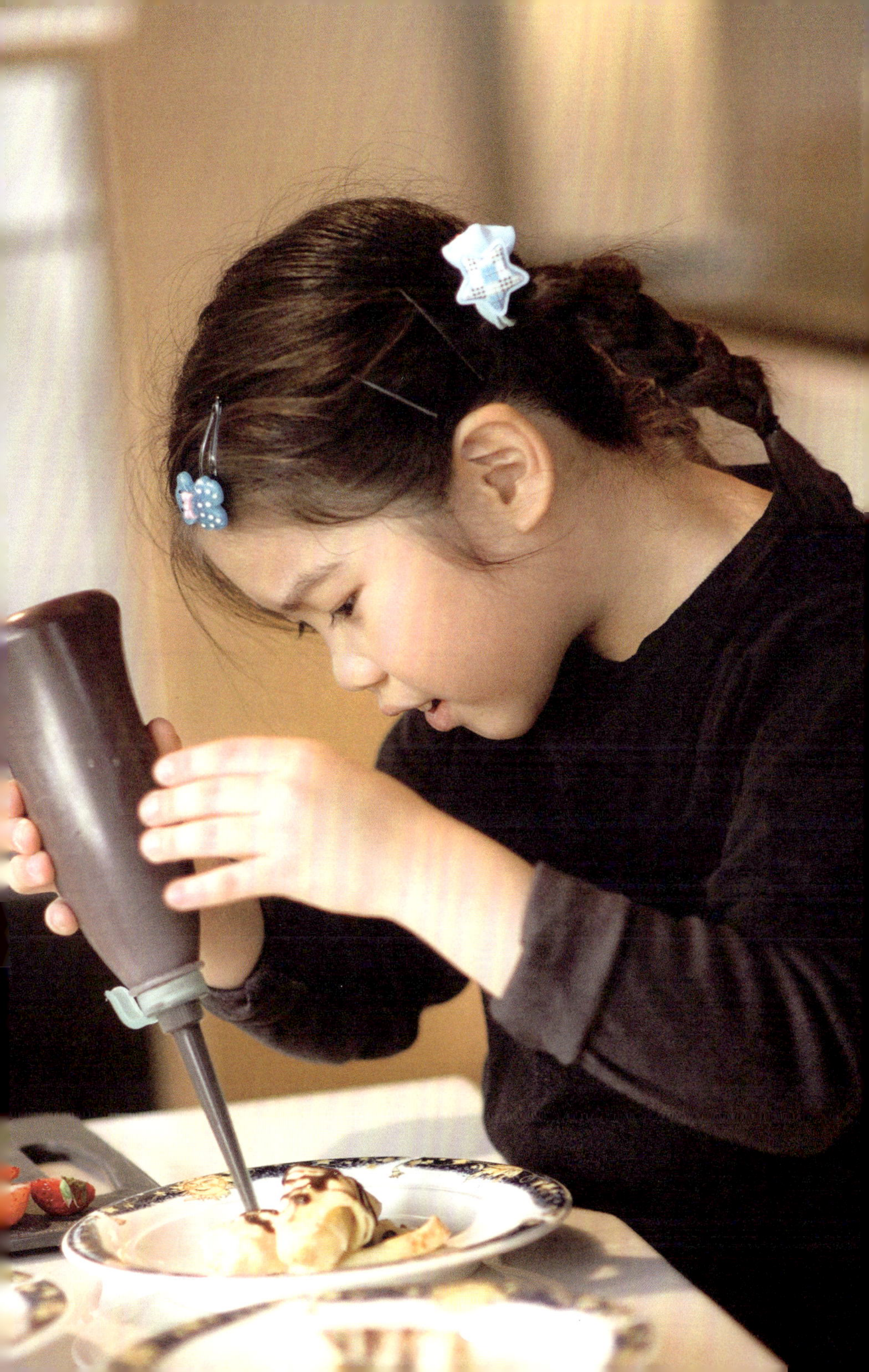

回到台湾这几年，我常常感觉到成人对孩子有一些不公平的论断，特别是对年纪小却懂得自动自发的孩子常有矛盾的评价。

大家一方面羡慕成绩好的孩子，另一方面又说，这样的孩子是因为受父母的压力才如此用功的，其实他们个个都不快乐。批评有时太过分，让人觉得不忍心。

我记得小女儿回台湾上小学六年级那年，班上有个非常优秀的小朋友，功课好，长笛吹得更是好，人漂亮开朗，看起来就很开心。但是班上有一群同学的妈妈却觉得那孩子绝对不会真正快乐，私下很爱讨论这件事。每每听到这种话语出自大人口中，总觉得很不应该。如果教育是真正的开放包容，就不该以形式、结果来归类孩子。要接受孩子之所以喜欢学习，是有各种理由影响着他们，并不是只有压力和强迫，才会造就出一个小小年纪就热爱学习的孩子。

看到吴小璠的时候，她热情向上、一片赤子之心所发出的欣赏别人、想要跟进的态度，让我不由得在一旁暗自激赏。她在学校名列前茅，却并非别人眼中备受压力的孩子。如果她学习只是因为父母的督促，当时她的父母并不在身边，而在小厨师的活动中，也拿不到任何一纸成绩单，所以，她的学习热情好自然、好令人欣喜。

在照片中，我也观察到，吴小璠口中那句"我要跟你学"可不是随口说说而已。她的学习是有条理的，先在一旁仔细地看着已经会做的小朋友做，看的时候既专心又欣赏，也不抢着做，所以，等轮到自己做的时候就能稳稳做好。

无意中有机会以吴小璠为例，是因为很想借着对一个可爱孩子的观察，来分享多年来的一些感触。

身为大人的我们应该以更开放、更公平的眼光来看待功课的意义。如果我们期待于孩子的是认真的学习，就应该要真心接受某些孩子的确有非常执着、严肃的一面，而不要随便去定论哪一种表现才是聪明又快乐的典型。

好大人对孩子是不应该有双重标准的。

◆ 孩子热情向上、一片赤子之心所发出的欣赏别人、想要跟进的态度，让我不由得暗自激赏。

大与小

- 我总是用"美"来吸引孩子好好工作。
- 信任没有办法凭空而生。
- 我很鼓励父母与我一样,花时间专注地陪孩子做事,再从中发现、期待往前发展的可能性。

一群大孩子、一群小孩子或一群大小混龄的孩子一起活动,内容的设计当然有不同的考虑。由于孩子的年龄不同、心智的成熟度不同,对于设立工作目标与规划细节的容量,我尽可能保持随时弹性调整的变通空间,这是我得以愉快带领最重要的原因之一。

五月底,我为小学六年级的应届毕业生举办了一场小厨师活动。因为曾经带过这么多小朋友,对孩子们能力的预估已经有了把握,我把当天活动的流程做了一些更动,让孩子们在进入供餐服务前,把先前准备好的前菜与甜点全部陈列出来,希望孩子一方面因为更高阶的实作而觉得满足,另一方面也对工作成果的美感到难忘。我总是用"美"来吸引孩子好好工作,因为,我记得毕加索曾经说过,"每个孩子都是艺术家,长大了却未必"。

那天前台完全布置好了之后,我可以感受到小朋友对于自己竟有这样的能力觉得惊讶与骄傲。我不禁思考着一个常常浮现在心头的疑问:"难道这种完整的能力不能同时出现在他们的知识学习中吗?难道念书一定不能如此有趣,思考一定不能如此完整吗?"

我曾在演讲中提醒年轻父母,要对小孩子说容易的事,对大孩子则要求更高的标准。我想要强调的是,责任与要求应该随年龄慢慢增加,但我们社会的现况似乎是,对小孩子讲非常大的道理,对成熟的大孩子却有些讨好放任。

那天,在做完主餐之后,我询问有谁要帮忙刷洗炉台,顿时一片静默。我知道少有人会喜欢清理工作,但是,每一份工作都有它的完整度,清洁收尾就是餐饮这份看起来很好玩的工作的内容之一,我不能让孩子误以为他们可以只取刺激好玩的创作部分。所以我又问了一次,并加强说明这个工作的重要,我认为应该让六年级的大孩子明确了解这件事。

有几个孩子在听完我的话之后,马上朗声响应:"我来!"然后别的孩子也纷纷表达了工作意愿。我很高兴,立刻教他们如何分工合作,一个用菜瓜布和清洁剂刷,一个随后用干净的湿抹布把清洁剂擦拭掉,另一个则用一张干的厨房纸巾来除去抹布留下的水痕,我则帮忙拧抹布,一下子就把一个炉台台面整理得干干净净了。

在这群高年级的小厨师活动之后，我又带领了另一场年纪非常小的小厨师活动。这批小朋友的成员是：一个小班、一个中班、两个大班的小朋友，两个小学一年级和一个二年级的小朋友。

这原本是好久前台中一所幼儿园邀请我主持的教学观摩会，我后来提议以一场小厨师活动来代替座谈形式的教学探讨与师职训练。

第一眼看到那两个小班与中班的小女生时，心里虽然为她们的可爱而感到意乱情迷，不过，紧张和害怕也立刻相伴而来。她们还真是小，小到我必须随时弯腰才能与她们稳稳四目交望。

我把两个小女孩带在身边时才发现小朋友真是能干。她们无论什么都想做、也都能做。我打开一瓶鲜奶油，请她们量三杯给我，两个小女孩就通力合作、一滴都不漏地完成任务交给我，只在奶油沾到自己的小手时忍不住高兴地大笑起来。她们这么容易就感到开心，一下子就缓解了我紧张的心情。我知道，年龄不是我该忧虑的问题，我唯一的担心是，她们个子太小，得站在小凳子上才能工作，我必须时时注意孩子跌倒的危险，常常调整她们站立的重心位置。除此之外，我只要稍加设计工作中的变化，使他们在中、小班所累积的学习经验能应用在其中，就非常顺利。即使主菜的排列有七道繁复的手续，孩子可是都一丝不苟地完成的，那小小手对美也有很高的标准，用纸擦拭盘缘的可爱模样，真像小仙子下凡来！

虽然这是一次特别年幼的组合，但我并没有删减任何流程，只稍微简化了某些不适体能的负担，比如说，太小的孩子只让他们运送碗盘归位，就不站洗碗槽。细心观察、遇到困难便立刻变通，就能使孩子成功完成任务的机会不断地增加。

◆ 我总是用"美"来吸引孩子好好工作，因为每个孩子都是艺术家。

供餐后，孩子们接着做饮料、上甜点，我则与老师们齐聚在大桌前就当天的活动交换意见。园长首先提问："我们今天最担心的，是身上的钱不够赔偿孩子打破的杯盘费用。"我笑着回答他："但是，到目前为止，孩子们好得很！没有人打破任何一件东西，对不对？"园长紧接着问："这就是我想要知道的。早上看到蔡老师带小朋友之后，我最想知道您对孩子放手的信心是从何而来的？"

这时，刚好园长一年级的儿子用一个托盘端着四杯咖啡，从吧台稳步走来。我看到原本对着我的十几双眼睛同时转向孩子，每一双眼睛里都带着担心与惊惶，他们的心情就像杯中的水位，微微晃动。我不禁笑了起来，原来，广告上说的既期待又怕受伤害，就是这种眼神的体现。如果，当时我不是站在桌子的另一头，恐怕有几位父母已经抢身上前去接应了。

信任没有办法凭空而生。我之所以认为那孩子端四杯咖啡没有问题，是因为之前已经逐步带他做过一些事，才从了解中产生信心。所以，我很鼓励父母与我一样，花时间专注地陪孩子做事，再从中发现、期待往前发展的可能性。

◆ 专心是我们与工作之间的寄托关系，四五岁的孩子也能做到。

教育的成本

- 如果，每个孩子也都一如我们平常的分工合作，工作虽不同但机会公平，那才是真正好的教育。
- 是那些守纪律、了解尊重的孩子使教育的成本可以有公平的设想与合理的使用。

这是令人难忘的一天，也是我带领小厨师的全新体验。在此之前，当我想到教育的成本时，多半是金钱付出的问题。好比说，我了解私立学校与公立学校因学费而有的资源差别；我了解美国的大学学费比台湾贵如此多的原因。

这几年，当 Abby 与 Pony 必须为大一付出这么高的餐费（美国大学生的大一食宿都由学校代办，不能自理），而我又亲眼看到食物和代币那么多，根本吃或用不完时，心中对这样的金钱付出与美国式的浪费是十分不以为然的。我心中有个疑问，为教育付出这么高的代价是真正必要的吗？

然而，在这一天的小厨师活动中，当我因为一个孩子而有了带领上的挣扎时，我的心思与眼光又超越了看得见的金钱代价，望向了一个未曾仔细思考过的角度。我的疑问更深一层地抛向自己的教学："这样的教育成本，会不会太高？对集中的资源来说，这是正确的使用吗？"

照例在九点集合的小厨师活动，今天没有人迟到。等父母都离开之后，孩子们都已在工作人员的协助下整好装束了，我们一刻不浪费，马上就位开始工作。

一开头就遇到困难了。我随机分配组别、准备工作时，有位高年级的小男生无论我说什么，他的回答都是"不要"。那高声的"不要"因为完全不带一丝玩笑之意，听起来倒比较像挑战，所以，立刻在彼此陌生的孩子之间散溢出一股让人微微不安的气息。我特别从几个年龄较小、感觉很柔弱的女孩眼中，看到一点无来由的惊慌之意，另有一两个小男生则闪过一抹促狭的表情，虽不跟着起哄，也好像了解接下来或许会发生一点"好戏"。

站在八个孩子面前的我，虽然表面强自镇定，但心里不无担心。想起自己从来没见识过"难缠的小孩"，今天，我能毫无经验地面对这或许会一直持续下去的挑衅吗？我能使活动一如往常地顺利进行下去吗？

起先，我打算对那一叠声的"不要"相应不理，只轻轻解释分配工作并不是征询意见，我们工作很多，得尽快动手。不知道是不是因为我没有扩大来处理他的种种反应，他的态度在一时之间反倒转为更坏，那音量与对立的感觉的确已经惊吓到身边的其他孩子，我不得不积极面对自己与他的问题。

◆ 让每个孩子都能获得同等的学习资源，工作虽不同但机会公平，这才是好的教育。

我缓和地问他："你是不是不想参加这个活动，但爸妈却帮你报了名？"他回答我："不知道！"我接着说："你知道我们有很多小朋友是真的想来而报不上名的，如果你真的不想参加，我可以打电话请爸妈来接你回去。"他没好气回我一声："没有必要！"是的！没有必要，我当时也这么想。如果他能在此刻了解每个地方都有纪律得遵循，大家才能好好工作，那当然欢迎他留下来。

我好不容易使他在准备食材的工作站中安定了下来，希望以工作来集中孩子的心思，我也亲自教了他如何拿刀、处理不同的食材。孩子动手工作的质量很好，但走进走出时仍改不掉给这个人一小拳、那个人一轻踢这种完全不该有的肢体动作。

孩子有一些不适当的小动作大多是久来的积习，要一时被完全劝说、立刻改过是不大可能的，但我很担心这些肢体动作在这个危险的环境中，会不设防地对其他孩子造成伤害，于是我得花费许多精神在远处"照看"他。

在做沙拉时，他会故意把蛋弄碎，不问一声就吃掉，引来其他孩子发笑，然后洋洋自得。经过两个小时的准备工作，轮流过不同的工作站之后，小米粉跟我都感受到他对这场活动的威胁。等一下餐厅开始运作时，我们还有那么多时间可以紧迫盯人地照看他所做的一切吗？

我立刻做了决定。从前两个小时的进度看来，这个孩子并不是不喜欢或不能做事，他只是非常自我中心，也不了解自己的纪律对团体的意义，如果一时说得通那当然好，但从几次的沟通中，我知道要立刻使他懂得尊重他人几乎是不可能的，我们只好暂时用工作来"限制"他。我因为想把两个年纪比较小的带在身边，就把最需要手工与时间的沙拉大盘交给他负

◆ 守纪律、了解尊重的孩子是贡献者，应受喝彩。

责，让小米粉以一对一的人力来跟他共同工作。

十二点半后，客人陆续就座，我们的供餐进行得非常顺利。沙拉大盘是第二道菜，都完成之后，小米粉进厨房来跟我说："工作一做完，我就对他没有办法了！我们可不可以把甜点也交给他？"我当时正在带小孩子出主菜，另外领着一个孩子回收整理碗盘，心里尽管很不愿意，却只好对小米粉点点头。

就这样，对孩子来说最美、最好玩的沙拉与甜点，几乎都被这个小朋友独占完成了。事后，我自己有非常深切的反省。可以说，我们并不是懂得如何教育他，而是不得不如此来安顿，以使工作顺利进行并阻止他对其他人的打搅。但是，站在其他小朋友的立场来看，这是非常不公平的，我们等于把应该公平分配的学习资源都集中在一个人的身上了。

事后分享这个感受的时候，两个女儿都觉得我处理得不好。她们认为我应该在孩子不断打搅活动并劝说不听时，就中止他的参与，宁愿撤出一位工作人员在外陪伴，等待他父母来接，也不该牺牲其他孩子的机会来安定他。

我想，我已经了解这其中的重要了。如果单就当天那位孩子的改变而言，我就像个教育魔法师；但是真心说来，那一天的我可以算是一个没有良心的教育者。因为，改变他的并非我的能力，而是他人的资源。如果，每个孩子也都一如我们平常的分工合作，工作虽不同但机会公平，那才是真正好的教育。

不过，我也因而更懂得那些守纪律、了解尊重的孩子对于教育的大贡献；是他们使得教育的成本可以有公平的设想与合理的使用。

引导

- 所谓引导就是实务的工作。
- 如果我们希望孩子打开心怀有所尝试，
  就要一步一步带领，而不是用一个指令来达成。

我常想，大人和孩子的世界除了有身形的距离、理解力的距离，也许真正无法跨越的，是孩子心中被尊重的感觉与成人以为信任之间的认知距离。

昨天，在市图的演讲会上，因为一个提问，我们面对了这样的距离。

当我分享4月12号小厨师活动中有一位小朋友不想吃秋葵的故事之后，有位朋友问我："怎么知道她没有请别人帮她把秋葵吃掉呢？"

那是个一年级的小朋友，她投入工作的态度让人一眼而知是非常笃定、执着的。当孩子们正准备要开始用餐前，诗婷走进厨房跟我说："Bubu

姐，有一位小朋友说她不敢吃秋葵。"虽然，那时我们正忙着帮孩子烤千层面，但我还是请诗婷把她带进厨房里。

一年级的孩子真的还小，所以，我蹲下来跟她商量。当我牵着她的双手说："就试着吃一小口看看，说不定你会喜欢喔！"她想了一下，很清楚地回答："那我先吃一小口，如果不喜欢，可以不要吃吗？"我好高兴她这么好商量，一口就答复她说："好！如果你试了之后真的不喜欢，就把它留下来。"

对我来说，带领孩子打开心门去领略新的事物，原本就是缓缓而进的期待，在话语的沟通之间，她愿意尝试，已经让我够开心的了，所以，我没有进一步的坚持。只是，我在心里惦记着这件事，所以，当活动结束后，我们自己在用餐的讨论之间，我问了工作伙伴，十二个小朋友收回的盘子中，可有人留下秋葵。

小米粉回答我说，她很确定收回的前菜盘都是空的。我当时感到高兴的，除了吃秋葵这个新尝试之外，还有她小小年纪就能接受商量的柔软；我真的完全没有想过她会请别人吃掉，所以，一时也无法回答这位朋友。

在我说了自己的心情之后，有位女士举手，没有想到，这位小朋友的母亲刚好在场。她证实小朋友的确把秋葵吃掉了，还跟妈妈分享自己是憋着气才吃掉的。她发现秋葵并没有太多的怪味，只是，再也不要吃第二次了。当时，大家都笑了起来！

问题当然不在秋葵，也不在于信任的讨论。我想要分享的是，所谓引导就是实务的工作。如果我们希望孩子打开心怀有所尝试，就要一步一步带领，而不是用一个指令来达成。

对我来说，不是凡事不管才叫信任，也不是事事介入才是关心，在两个极端中间还有许多适合不同情况的教导，这也是教养无法配方化的理由。过多的疑虑无法成就一个安心的成长环境，成人的教导也不是抓住孩子的小辫子以证明自己的怀疑有先见之明的工作。

当父母嘴上说着"我早就告诉过你""我早就知道你会这样"时，心里难道曾经产生过一丝丝料事如神的愉快吗？所以，我想的是：无论是当父母或作为其他孩子的长辈，我不要把大人的角色当成检察官或法官；我只要在引导的工作上下工夫、做一个好大人应该有的好榜样；我用诚心来了解与我有生命经验差距的孩子们，用这样的基础来思考教养的方法。

拒绝也是一种教导

· 在教育的现实中，拒绝也是一种教育；
  只有实事求是，才能帮助学习者。

星期日，新加入课堂的一个孩子，两脚翘在椅子上，带着吊儿郎当的表情问我："我可以到处逛逛吗？"我回看他的双眼，一字一句地说："不可以！因为，你现在应该好好地观察，并记下'乳化作用'的实验过程。"当时，孩子们正分组探求"油喜欢油，水喜欢水"这句生活中常用的话的真相，并亲眼看见自然界的乳化剂和化学乳化剂的作用。

我很确定，我这样的"不准许"也是一种教导，而非不够宽容或缺少慈爱。在今天的教育现场上，已经有太多不珍惜经验、只为了保护孩子个人喜好或习惯而耽误他们成长的实例，我不能再为父母添麻烦。我相信，没有老师能以动静订出一套时时合用的课堂行为标准。只有以学习作为工作目标，才可以使学生静动得宜，并帮助他们在动静之间沉浸在专心的情境中。

那天课堂上，做完油水不亲与乳化作用的实验之后，我开始讲解千百年来人们如何运用这种油水难融的化学原理来制作好吃的酥皮。我要他们先以不含油的材料学会包一个"球中球"之后，下午就进厨房做两种月饼。这时，新同学又问我了："我的蛋黄酥可不可以不要包成那个样子。"我再一次与他四目相交，斩钉截铁地说："不可以！如果你要做成其他的样子，要在做出一个成功的球中球，等我用线切开检查之后，才可以去做另一个自己设计的样子。"

这些年里，我遇到太多孩子拿"创意"当不愿意吸收新经验或害怕错误的挡箭牌，身为教师，不只是设法安定他们的身心，更要帮助孩子了解：没有基础，不肯吸收他人的经验，是难以发展出真正了不起的创意的。

所以，在教育的现实中，拒绝也是一种教育；只有实事求是，才能帮助学习者。

孩子的心怀

- 我在许多小厨师身上，
  看到孩子们实在有天生包容、彼此接纳的美好性情。
- 我常忘情地看着他们专心一意地提携合作；
  教的人一片真心，学的人一片诚意。

我们常把孩子们喜欢计较争宠、喜欢追逐焦点看得如此理所当然，好像凡是有孩子之处，就有种种问题；因此，跟孩子相处的时候，扮演公平分配、摆平纠纷、劝说调停，就成了父母日日的教养大事。

我一向反对这种成见，强调争斗现象的人并没有注意到，许多家庭更有手足亲爱、互相扶持的实例。一旦成人认为有孩子就有争宠之事而开始注意齐头式的平等，反而会使原本可以不成为纠纷的小事因为成见而变得与我们的预想相贴合。

我在许多小厨师身上，看到孩子们实在有天生包容、彼此接纳的美好性情。虽然有些手足的确一进门就拳打脚踢地玩闹，但从比例上来看，能友爱照顾的兄弟姐妹其实更多。

有一梯次，我们有两位小朋友的名字听起来就像一副对联——三年级的怀谦和二年级的容宽。他们来参加小厨师之前，彼此并不相识，但在工作中却有了人如其名的美好合作。

那天，我们的准备工作都完成、开始供餐时，怀谦被分配到与我同一组工作，他是当天的主厨之一，而容宽则负责送餐的服务。

这一天，怀谦负责的主菜是塔塔酱牛肉。工作的流程是由一个一年级的小朋友帮怀谦在一个圆形大盘的中央压出一个紧实圆形的白饭。这时，我们的主厨怀谦会把一块厚约一厘米的轮状洋葱煎香调味，放在白饭之上。洋葱摆正后，怀谦继续把一片片用新鲜香草卤煮入味的牛肉片，以交叠的环形铺设在洋葱上。现在，整个盘子看起来已经有很立体的高度，怀谦拿起架子上的小酱料锅，把塔塔酱仔细地淋在牛肉之上。接着换锅再加蜂蜜芥末，最后拿起黑胡椒研磨器，从半空中磨出胡椒粒细细飘上他费心完成的主菜。

我与怀谦站在工作台的同一侧，看着他稳稳地工作，只稍作一两个小地方的指点。"画龙"与"点睛"，孩子都同时掌握得很好。

当送餐的容宽走进来，准备把怀谦做好的主菜放上托盘送到客人面前时，每一次我都发现容宽在等待时盯着制作主菜的每一个步骤看，那眼中有欣赏，有羡慕，还有一点点在我看来可以解读成"如果我也可以做一次该有多好"的心情。

容宽人如其名，进门报到的第一眼就让人觉得是很好商量的孩子。他被分配到的工作因为心里乐意，所以都做得很好。虽然如此，他看着怀谦手中工作的那抹小小欣羡，我还是读到了。

主菜上到尾声的时候，那记挂催促我开口跟怀谦商量："点单上的主菜只剩三道还没有做，因为容宽没有做到主菜，这三道我们让他试试看好不好？"

怀谦真是"怀谦"，他工作中静默诚恳，看起来比一般的三年级生成熟稳重得多，听到我提议后，他抬头看我，点头表达同意，那点头又使我替他感到非常不舍。一件事好不容易从陌生做到很上手了，却在一种很合理的情况下必须放手与同伴分享，他的依依，我怎么会不了解呢？那就是我们大人说的"热"，做得正热呢！实在好想再做下去。正在兴头上的孩子能立刻同意放手，真是不容易。

不知道是不是因为我同时考虑到容宽与怀谦的心情，一个更好的念头突然闪过我的脑中，但愿这个办法能兼顾他们的希望与感受，而不致使放手的孩子有着一时的失落。

我又跟怀谦说："这道菜你已经做得很好了，待会儿容宽来学的时候，Bubu阿姨就不教他了，由你来教。你先一个步骤、一个步骤地示范讲解给他看，接下来就看着他做，有问题，再调整。"然后我把容宽叫进来，告诉他接下来怀谦会教他做菜，有问题他可以尽量问怀谦。

怀谦绕过洗碗区，与容宽并立在我的对面，开始当起小老师，教容宽动手完成剩下的三道主菜。我一句话都没有说，完全沉浸在眼前美好的画面中。我忘情地看着两个孩子专心一意地提携合作；教的人一片真心，学的人一片诚意。

　　从此之后,小厨师展开了一个原先我没有预设过的教学法:彼此带领。不分年龄大小,每组的工作都由先学会的人教还没有接触过的人。我要谢谢容宽和怀谦,是他们彼此珍惜的心意使我有了这灵光一闪的妙想。在那天之后,我也因而更了解孩子的潜力。童心善意确实是世界珍宝。

◆ 孩子的心怀总是无私而开放的,大人不应刻意标明竞争。

◆ 谢谢容宽和怀谦，让我更了解孩子的潜力。童心善意确实是世界珍宝。

老吾老，幼吾幼

- 实作是一条通往教养真正的路，
  虽然进度很慢，却是唯一的路。
  餐厅绝对不只是吃饭的地方，它是展现生活教养的地方。

洪兰老师应朋友之邀来过一次 Bitbit Café 之后，某个假日带家人二度光临三峡。老师打算来的那天，刚好我们排有小厨师的活动，店里的订位几乎都满了，再加七个人，无论如何无法排出理想的位置供老师一行人使用。

当时，以我对洪兰老师粗浅的认识，我知道她绝不会乐意我们把他人预先订好的大桌让出来给她们，而当庭宜告知她接到洪兰老师亲自订位的电话时，我也更加了解洪兰老师的行事风格。

庭宜转述，洪兰老师在订位时跟她说："没有大桌子没关系，随便挤一挤就可以了。"所以,那天老师与九十几岁的母亲和姐妹、朋友只好围坐在窗边由两张桌子拼成的座位上。

洪兰老师会来用餐的消息,我并没有事先告知家长与小朋友们。那天当家长看到老师一行人时,先是惊讶而后兴奋。小朋友呢,比较大的几个孩子,已经熟悉老师的声名;小的几个,因为没有被叮嘱有贵宾到来,一律秉公处理,只以他们标准一致的热忱进行服务。他们听到老师的大名时,也只是像听到"曾太太"或"林先生"那样,一心专注于工作,而不觉得有所谓的VIP。我很喜悦他们把每个人都看得一样重要,小朋友展现了最佳的服务精神与质量。

事后,洪兰老师在《联合报》专栏中写了一篇《生活即教育》的文章,老师对孩子的真心关怀,使我想到《孟子·梁惠王上》的"幼吾幼,以及人之幼"。因为知道洪兰老师的忙碌,我不敢轻易去信打搅,不过,非常

珍贵的是，当天我们有位小厨师也记了一篇日记。

他负责为老师那一桌带位、送菜与服务，对这个小学二年级的孩子来说，老师那一桌客人的确是非常高龄、和他的祖辈与曾祖辈年龄层相近的客人，从凯翔的日记中，我看到从孩子心中自然而发的"老吾老"之敬。

这一天，实在非常美妙，我看到"提携""照顾""尊重"与"敬爱"，在十岁与九十岁之间，以行动和文字完成了美好的连接。社会的祥和与爱，的确是看得见的、从不曾离我们远去的。

生活即教育

洪兰老师

杜威的"生活即教育"一直是教育的最高理想，最近我在一家餐厅中看到了这个理想的实现。

小学生当侍者　表现不输大人

很多父母都读过蔡颖卿的《妈妈是最初的老师》这本畅销书，我很喜欢这本书，尤其喜欢她的人生哲学、生活品位及烹饪技术。所以在一个星期天中午，我带母亲和亲友去了她的餐厅。

我们一走进门就看到一个很可爱的小男孩，穿着黑色的侍者制服，腰上围的围裙几乎拖到地上，迎上前来，很正式地说："请问您有订位吗？"然后一本正经地在订位单上划去我的名字，说："这边请。"他把我们带到窗边的位子，但是我们都没有坐下，因为太惊讶了，十二个一年级到六年级的小朋友，侍者打扮，围裙口袋上还挂着一条折得整整齐齐的毛巾，穿梭在桌子间端茶、上菜。一时间，觉得自己好似来到了格利佛的小人国，周围都是小大人。

孩子们有机会　就会做得很好

一个小学一年级的孩子用托盘端了一碗汤，目不斜视地专心走路。走到桌子前面时，另一个跟他同样年龄的女孩帮他把汤放在客人面前，说"请慢用"，然后告退。我们看得下巴都掉下来了，这么小的孩子可以端汤而且不会打翻，太惊讶了。可见孩子可以教，他也可以做得很好，只要我们给他机会。

我们终于坐下来后，一位漂亮的小女孩来替我们倒水并送菜单，然后一位小男生来点菜。他很有自信地掏出本子，先从女士点起，然后男士，看他严肃地在写，我忍不住偷看一下，果然全是注音符号，但又有什么关系呢？文字是沟通的工具，只要达到目的，任何符号都可以用。

后来与蔡颖卿谈时，才知道这些都是在网络上报名来参加小厨师实作活动的小朋友。从早上九点钟父母把他们送来报到，他们便留在餐厅中学习如何摆菜、摆刀叉、做沙拉、做甜点，实际动手做一个小厨师。中午时，父母以客人身份光临，接受孩子的服务，吃完再把孩子带回家。这一天她控制客人人数，不接受第二轮订位。她强调在事前仔细教，尽量避免孩子做完，大人又把它重做一遍的窘况，所以她的孩子都很有自信。

实作体会教养　最真实的教育

她说她希望借着这个活动让孩子从实作中学到安排工作顺序的重要性、时间感、呈现食物的重要性、美食的知识，最后得到自己的成就感。实作是一条通往教养真正的路，虽然进度很慢，却是唯一的路。餐厅绝对不只是吃饭的地方，它是展现生活教养的地方。孩子从餐桌的摆设、餐具的安排、上菜的顺序、服务的态度上学到最真实的一课生命教育，以后有服务他人的心，也懂得安排自己的生活。

生活即教育，良有以也！我今天看到一个有心人，在她的能力范围内，不计较成本，成功教育了十二名未来社会的主人翁。只要我们对教育关心、肯参与投入，未来就会有希望。

走出来时，虽然天阴欲雨，我的心却是明亮愉快的。

当小厨师

凯翔

上个星期日，我去三峡的 Bitbit Café 当小厨师。

我们九点前就要到 Bitbit Café 集合，为什么要这么早到呢？因为要准备客人吃的菜，老师还要教我们设桌，也教我们帮客人点菜。

等到客人来时，我被分到点菜组。有时候我帮客人点菜，看到客人很高兴地吃着饭，心里很开心。我觉得当小厨师好好玩，而且要有耐心，因为有一桌老人比较多，上菜跟他们借过时，就要耐心地等待。

我下次还想当小厨师，因为在这次活动中，我学会怎么帮人家服务，而且我觉得很有成就感！

◆ 诚如洪兰老师所说,孩子可以教,他也可以做得很好,只要我们给他机会。

相亲推荐书

- 孩子都知道，想的时候才怕，动手做就不怕了；
  他们迫不及待要动手，并在尝试中学习。
- 教学者要先磨炼自己，
  如果能把自己提升到对教学内容感到兴奋的心境，
  会更容易引发学习者的热情。

　　两个女儿从曼谷国际学校再回到台湾受教育的时候，Abby已经是初中三年级的学生了。她第一次拿回学期成绩单，我一读到评语那一栏就不禁大笑了起来："温柔婉约、秀外慧中。"

　　我跟爸爸说："这份成绩单一定要好好收起来，以后可以拿来相亲用。虽然没有提到学习，但十分闺阁秀气的感觉。"没想到他回答我："我小学的时候，老师还在成绩单上写过'深谋远虑'这样的评语呢！"

"'深谋远虑'？你确定吗？"我问他，他说当时才小学四年级，我听完忍不住要取笑他，"会不会是老师写错了，其实真正要说的是你'老谋深算'？"他也大笑地附和："如果小学四年级就深谋远虑，长大应该就非常'老谋深算'了。"

我们开着成绩单上评语的玩笑，最主要也是因为离家好几年，已看惯孩子们领回的成绩单上，总在工作等级的评分之后只有老师以文字叙述个人的工作特质、值得嘉许与可以改进的具体事项而已，像这么有门面的成绩单，例如"品学兼优"的字样，已经陌生到能产生另一种趣味了。

那张成绩单引我想起小时候自己是多么重视老师的只言片语。在学期末的结业式上，最期待的不是假期要开始，也不是成绩栏位上的数字。好像每个人永远小心翼翼、像抽奖一样绝不敢一下贸然翻开的，就是单薄纸片上老师端正写下的两句、至多四句的评语。

这回想使我印证，孩子总是希望得到大人的肯定与认同。平日并没有机会得知老师的想法，直到学期末，好像自己的努力终会化成老师八个或十六个字的魔术，传到父母与自己的心中。

我倒是从没得过"秀外慧中"这样的评语，但在小厨师活动中，才深深了解这四个字是多么适合用来当我们"成绩单"上的描述。

有几次，我忍不住在活动结束后跟小厨师的家长们说，如果你们将来想得到一个好媳妇或好女婿，现在应该考虑快快订下我们的小厨师，以免将来众人争抢、后悔莫及。我想到母亲生我的时候，据说有个愿望，她希望我长得漂亮，希望我贤惠能干、人见人爱，带我到哪里都有人会央求她："啊！这么好的孩子，长大后给我当媳妇吧！"我当然没有如母亲所愿，

◆ 孩子都知道，想的时候才怕，动手做就不怕了；他们迫不及待要动手、并在尝试中学习。

但在看了一梯梯的小厨师之后，竟完全了解母亲那盼望的心情。这么好的孩子，带回去当媳妇、女婿吧！

我的爸妈远在台东养老，平日除了电话的问候之外，爸妈也借着博客知道我的生活与活动，所以，他们也看了很多小厨师的照片。有一次我目睹妈妈架着老花眼镜，盯着一个画面许久许久，才依依不舍地请爸爸帮她换下一张。有好几次，我眉飞色舞地跟她说起小厨师时，妈妈总是从老花眼镜移开视线向我问道："为什么每个孩子都长得这么好啊！"那问题更是引起我心中满怀的得意了。我回头想想也感到奇怪，孩子又不是我生的，他们长得好，我其实是毫无贡献的，但就是掩不住得意，原来，与有荣焉就是这样的心情。

我真是非常以孩子的能干与敞开为荣的。在大人的烹饪班上，我就是爱提我的小厨师的种种可爱，并不是故意要刺激妈妈们，却真的希望大人能向孩子的开放与心无旁骛学习。

我记得有一次成人的课程上，妈妈们说："我觉得煎蛋卷好难喔！"我吓了一大跳。很难？不会吧！我马上道出小厨师的工作实况。

一个小学五年级的孩子就可以站在双炉台当主厨，他的主菜是一道现做的蛋包饭配现炒牛小排薄片，所以他同时开两炉来操作，完成烹调还要装饰上菜的大盘。这所有的工作都有时间上的限制，并非优哉游哉地完成。孩子都知道，想的时候才怕，动手做就不怕了；他们迫不及待要动手，并在尝试中学习。

一年半来的小厨师活动，我从没有想过要用同样的一套菜色来带领，虽然，固定内容在备料或工作流程上一定方便许多，但通过不同的教材来集中心力、深入观察，对教学者来说是非常深刻的磨炼。年纪越大，我越了解也越认同"教学者要先磨炼自己"，如果能把自己提升到对教学内容感到兴奋的心境，会更容易引发学习者的热情。

在每一场小厨师活动中，我会遇到特质不同的小朋友。有些孩子贤惠体贴；有些孩子谦虚宽厚；有些孩子专注执着。也有些孩子让我想到CEO，他们好可爱，做着手里的还不忘关心他人手上的工作，那份心系好几处的忙碌，让我得像赶羊一样，把他们的心与手全部集中到我们工作的小径上来。

每一个小厨师都让我想为他们写一份工作成绩单，用"一派贤淑""能者多劳"或"一双神仙手"这么适合的语句，来形容这让我凝神陶醉的画面。不知道这是否能作为他们将来的相亲推荐书呢？或者，比这些文字更有说服力的，是他们在照片中自然流露、完全沉浸在工作中的神情？

我相信有一天，我一定会在这个社会很多重要的职场上、很多幸福的家庭中，重见这些孩子的架势与能力。

◆ 孩子自然流露、完全沉浸在工作中的神情,让我相信有一天,我一定会在很多重要的职场上、很多幸福的家庭中,重见他们的架势与能力。

第一章 爱的接力

幸福

- 幸福绝非是一种叮咛，而是一种传达与展示。
- 除了自己好好工作、好好生活之外，
  紧抓生活的各种接口，用最简单的形式表达爱与关怀，
  我想不出有任何其他的方法，可以培育出一个热情的孩子。

八十岁的母亲每次看到小厨师的活动照片，总是给我非常嘉许的肯定。她说："你对孩子们做这些事很好！非常好。"

没有人不希望得到父母的肯定，即使我已经五十岁了，听到母亲这样的赞许，还是有种像要上台领奖似的难掩兴奋。事实上，现在的我能对孩子做这些事，完全是因为母亲先给足了我对生活的感受。母亲使我深信，一个成人可以通过许多小事，来为孩子诠释生命的美好。

幸福绝非是一种叮咛，而是一种传达与展示。除了自己好好工作、好

好生活之外，我想不出有任何其他的方法，可以培育出一个热情的孩子。当我们耳熟能详地侃侃而谈"生活力"的时候，就应该以自己为榜样，来证实"生活力"是"自我完成"的概述性说法；我们不只要能生活，更要好好生活。

我的母亲之所以赞许我，是因为她想起了自己还是个小学生时的前尘往事。母亲想起那幸福的感觉，是一种由大人深深刻印在孩子心灵的图像与影响。

母亲说，她的小学老师非常疼爱她。有一日因为同住的女同事回家去了，老师大概是因为独居而感到害怕，所以要她去做伴几日。妈妈回忆着那几日早上起床漱口之后坐在餐桌旁的感觉，那景象与气氛，对童年的她来说，真是惊喜到无法言传。

六七十年前的旗山镇，当然是不可能有冷气的。但夏日的早餐桌上，她的老师已经想到许多体贴与美感。老师帮她做好了一盘倒扣在盘上的蛋炒饭、一小碟腌菜、一杯冷的红茶和一个水果，细心照顾她吃完早餐后才让她去上学。那种触动，孩子虽然说不清楚，至今却难以忘记。母亲于是以自己孩童时的心情喃喃对我说："真可爱！真可爱！那些孩子一定会记得你给他们的那种幸福感觉。"

我很谢谢母亲，如果不是她告诉我那份曾领受的心情是如此难忘，我也许无法持续地以每一次都新鲜的心情把这份工作好好地做下去。

我并非要直接长久提供这份幸福的经验给孩子，而是想借着活动说服父母，要紧抓生活的各种接口，用最简单的形式对孩子表达爱与关怀。

所以当小厨师来到我的身旁时，我所挂念的，也就是在这样的一天，自己能不能展现幸福的种种面貌给孩子？那些感觉包含：

我很欢迎你与我一起工作。

我想教你做出比你自己想象更难的作品，因为我知道你一定可以。

我不怕麻烦，你不要紧张，因为我会等你一下。

我从来没有刻意询问过孩子来当小厨师是否感到快乐，因为我可以在他们的眼神流连之处得到肯定的答案。那就像你到别人家作客时，绝不是凭着主人口中的"欢迎、欢迎"来判断自己是否真受欢迎，而是从被接待的方式来确认的。

主办小厨师活动时，我就像在当一个生活的主人，以工作邀约孩子来跟我品尝生活。我费心思考，什么能使小朋友感到真正受欢迎呢？幸福的感觉最重要的一个因素，不就是自己受到他人的欢迎吗？

记得小时候，我常向母亲提"我很想做……"，我提的无非就是加入母亲正在做的事。现在回想起来，当时母亲的允许，并不是一声"好"的言语

答应就可以了,在她说好之后,还耐心教我或解说,这对忙碌的妈妈来说是多么花费时间的工作。可是,她总是说好,并立刻就动手教我。因为那份回忆太鲜明了,所以,在带小厨师的活动时,不管我们的时间有多紧张,只要孩子开口对我说"我想做……",我就好像立刻回到自己的童年,母亲那声"好!"自然地从我口中流利而出。奇怪的是,说出口的那一刻,再紧再忙的工作节奏,也总是找得出空间来穿插、安置这份欢迎的心意。

四十年转眼而过,我在童年因为母亲的允许与耐心而看到的世界,如今不只没有变形而且更加稳固。如果有一个词可以为我转述其中的种种情愫,我想,它应该可以叫"幸福"。

◆ 孩子，我想教你做出比你自己想象更难的作品，
因为我知道你一定可以。

童言童语

- 我相信孩子真正的可爱之处，

 并不在于能与大人一来一往地抬杠或伶牙俐齿地招笑，

 而是他们在一片天真中表达自己时所吐露的童言童语。

　　学习从模仿开始，孩子天性擅于模仿，因此常有超出大人想象的惊人之语。不过，我相信孩子真正的可爱之处，并不在于能与大人一来一往地抬杠或伶牙俐齿地招笑，孩子的可爱是他们在一片天真中表达自己时所吐露的童言童语。

　　这是一个寒冷的早上，我们的小厨师九点不到就已纷纷聚集在店的四周到处走动。我们准备妥当，铁门才一开启，急切的小朋友就在爸妈的帮忙之下，推开那两扇非常厚重的门，开心地入内报到。

　　最后进门的小女孩推门探头时，我们正忙着帮每个小朋友寻找长短合适的围裙。也许是看到这幕景象,那穿着黑色套头衫、颈系小丝巾、外罩花色外套的小女孩显得行色匆匆,很是着急。她的眼神与动作看来都十分敏捷,追在身后的妈妈对着孩子细语轻声地问道:"嘉惠,你要不要考虑把背心脱下来?"也许,这个顾全整齐的妈妈已经注意到所有的孩子都穿着黑上衣,于是给了小女孩这样的提议。

"不考虑,我绝不考虑!"那发自小小身体的洪亮之声与果决的感觉引我非常好奇,我走过去向她的母亲点头致意,并从她的手中接过孩子。

外套的颜色很活泼,穿在孩子身上的确好看,但我想,她之所以"绝不考虑"的理由,或许是自觉已经有点迟了,就要跟不上班,还谈什么穿与脱的考虑呢!从她的行动与响应中,我完全可以感觉出她是一个非常灵活、行动快速、参与度很高的孩子。

我走过去扶她肩膀时,问了她一个问题:"如果这件外套不脱掉的话,等会儿大家一起工作拍出的照片,只有你会跟大家都不一样喔!这样有没有关系?"这一刻,她既没有对我说:"没关系!完全没有关系。"也没有说:"不考虑,我绝不考虑。"我于是赶快掌握机会,马上把她交到庭宜的手中,低身对她说:"那我们现在请庭宜姐姐带嘉惠到后面去换衣服。"看着她开心地走到更衣柜去脱外套,我想起她进门那一刻担心落队时那情急之下的可爱。此后,我也常借用嘉惠那句"不考虑!绝不考虑"。说的时候,我总是忍不住笑着想起那充满活力的一天。

孩子说话引人发笑有好几种情况,有些是天真得令人爱怜,有些是他们发言时的一本正经让人忍俊不禁。

有一天,大桌上有好几组小朋友正在忙着备餐,有人切,有人削,两

◆ 看看孩子在炉前泰然自若、掌控全局的模样，
是不是就像个"天才主厨"？

人合并的一组正在帮我们处理一大盆青菜。她们两个心细手巧地把分配到的食材都处理好了之后,不禁非常欣赏地看着自己苦心造就的美丽成果,其中一个低叹一声跟另一个说:我们两个真是天才儿童。她说得那样自信、那么严肃又好玩,我的笑也跟着情不自禁地飞升到脸上。多么好,能用一盆青菜引出天才儿童的自信,我这老师真是与有荣焉。

我虽然说过不要逗弄孩子,不过,有时候也犯了同样的毛病而不自知。所以,我知道如果当一个蠢大人,就会有把自己弄到哑口无言的可能。

这一天的小厨师有三对手足,其中一对是兄妹,他们一进门不知为什么就先来一场拳打脚踢,动作实在快,让我简直有些招架不住。我伸手去拉、要制止他们的时候,发现分不出谁长谁幼的娇小的兄妹都是大眼睛、长睫毛,长得好可爱。

两个孩子踢与拍的力道都不像开玩笑,但是两张脸却笑逐颜开,我于是确定他们应该是经常这样玩。只是,这玩法似乎过分了,我还是该提醒提醒他们才好;更何况,餐厅里到处有危险,万一是端拿东西或手握工具时忘情地拳打脚踢,那可是一点都开不起的玩笑。

我蹲下身去牵他们的手,问出个子小一点的其实是哥哥,细看之下才觉得他长得跟我侄子小时候几乎一模一样。我继续又问,那是谁先打人的呢?妹妹指着哥哥,而哥哥也一点都不回避地点头招了。我说,那好,先打人的总该说"对不起"吧。哥哥抿着嘴笑,低声说了声对不起。他们道歉时的驾轻就熟引我推想,这种处理应该是家常便饭了,而此刻其实也不适合说任何大道理,或更正确地说,大道理孩子都懂,只是还未认知玩与打之间的差别,或者还没有找到更好的玩法罢了。所以,我想起我们家那两只兔子。因为每个看过我们家兔子的小朋友都很着迷，我就以为可以用兔子来说说他们。

我蹲着平视他们，望着那两双滴溜溜的聪明眼睛，先解释小厨师的工作安全与肢体动作之间的关系。"在这里绝对不能打来打去喔！这是真的很危险的。"我接着说，"Bubu阿姨家也有两个姐姐，她们现在二十几岁，都很大了，可是从小到大，两个人从不打架的，兄弟姐妹是不应该打架的。"

四周一片寂静，似乎我的发言引起了同感。

"不过，我们家的兔子却很爱打架，每次一见面就咬对方，咬得毛满天飞。"

我再自以为聪明地加了一句：

"如果你们真的喜欢这样打来打去，等会儿见了爸爸妈妈之后，我可要建议他们也许不要让你们两个住在一起，你们可能更适合跟我们的兔子住喔。"

在这一刻之前，一切都还在我自说自话的"训诫"掌控中，突然间，一阵轻轻的欢呼声响起——"耶！我们最喜欢跟兔子住在一起！"

让我哭笑不得的是，出声的还不只是两兄妹，连其他的孩子也对这个提议感到很兴奋。我只好在一片小嘈杂中给自己搬个楼梯咚咚下台，站直身子，故作镇定地说："好了！好了！我们得开始工作了，兔子的事，等一下再讨论。"

◆ 孩子的认真和天真，同样令人爱怜。我们的教养任务，就是保存这样的本性。

生活即教育：如果家家都有小小厨师

种种可爱

- "诚意"总在空气中自然流动,让人可以察觉感知。
- 孩子的纯真,有时坦然地显现在表情与动作中,

  有时吐露在对谈的言语里;

  当然,我也永远不会错失他们编织在文字当中的种种可爱。

有些小厨师在离开之前会给我一个拥抱。虽然我心里是很喜欢孩子的,但顾及每个孩子收放感情的经验不同,并不是人人都习惯直接、热情的相处,所以,如果孩子不主动,我也会按捺自己想要更亲近他们的心情。

可喜的是,"诚意"总在空气中自然流动,让人可以察觉感知。无论是来自孩子无言的凝望或热烈的拥抱,他们的真情都让我同样难忘。

有一次,有位小厨师回家之前过来主动地抱我一下,到现在,她那个拥抱的力度,我还牢牢记在心里。在她离开那一刻,我才得知她与表妹是

从金门远道而来，难怪在厨房共同工作的时候，我在问答之间觉得这两个孩子说话的口音好特别。以后，每当我再听到金门、马祖，就会想起那个拥抱，也许，孩子除了对这一天特有的不舍得之外，也有跨海而来的远地情怀！

因为顾及每一个孩子都重要，所以，我除了眼观六路、耳听八方地注意着整个活动的进行，实在没有更多的时间与孩子闲聊一下。我们的感情，可以说是一种一起工作、目标清楚的"革命情感"吧！

我有心要对他们好，但是那"好"是否吻合孩子的期待与经验，我一点都不知道。我的尽力而为除了身体感到筋疲力尽之外，也因为精神饱满而没有想到要去确认家长或孩子的反应。我觉得，自己不可能做得更多了，而工作上该改善的，也都次次与伙伴细心检讨。所以，当小米粉有一次跟我说，我去跟家长们谈话、她带着小朋友做松饼当第二次的点心，有一个小主厨一直问她"要不要做一个给Bubu老师吃？"时，我竟然别过头去擦眼泪。孩子想到我，我很高兴，虽然五个钟头都不吃不喝，我其实一点都不饿的，但是，那盘由他们想到要做给我的松饼，我光用想的，都觉得好好吃！

孩子的纯真，有时坦然地显现在表情与动作中，有时吐露在对谈的言语里；当然，我也永远不会错失他们编织在文字当中的种种可爱。

有个小朋友在参加小厨师之后写信告诉我："我最喜欢调饮料、煮咖啡，因为这个加那个就会变成另一种好喝的饮料。可是，我长大了还是最想当检察官。"我对着卡片笑个不停，在脑中浮现出一位很会调饮料的检察官的俊秀身影。

又有位小朋友在接到我们这封通知信后,写了一封主旨为"合作愉快"的回函。

亲爱的朋友:

谢谢你们耐心的等待,这封信是给廷虹的"Bitbit Café 小厨师"邀请通知。

这场小厨师活动与之前有所不同,为庆祝六年级小朋友即将结束小学的学程,踏入另一段重要的旅程,我们特地设计了不一样的内容。这一次我们所邀请的都是六年级的小朋友,如贵府有另一位手足无法同时参加,请原谅此次活动内容所造成的不便。如果您因此想放弃此次的活动,我们也会将小朋友参加的顺序放回原先报名的排序。非常谢谢您的谅解。

廷虹的回信不只给我们,也同时给他的父母一份副本。

亲爱的 Bitbit Café:

您好!谢谢您的邀请,我在五月三十日当天会准时到达,并遵守您所规定的事项。家长和朋友的用餐人数为四人,如有更改或调整会再通知您的。也请您如有任何活动的变更,麻烦再通知我们。谢谢(第一次参加请多多指教)!

预祝

合作愉快!

当我读到"请多多指教"的时候，不觉在椅子上端起上身，正襟危坐；再看到"合作愉快"四个字的时候，几乎想对着 E-mail 鞠躬，说一声："彼此彼此，也请多多指教。"

孩子！孩子！真是多么可爱。

小米粉曾经跟我说，有个小朋友很担心地问过她："等我们回去之后，你们会很快把我们忘了吗？"

我想在这里跟小朋友说：

"小厨师"是你们给 Bitbit Café 最好的一个礼物和纪念。虽然，只有这么一次，但是因为它很珍贵，所以我们永远不会忘记。

记忆是一股可以存在心里很久很久的滋味。等 Bubu 阿姨更老一点的时候，你们的照片与我们一起共同工作的感情，会酿成更好、更美的回忆。

我们不会忘记，永远不会忘记！

◆ 在坦然处、在羞怯里，天真可爱永远藏不住。

◆ 谢谢所有的小厨师,给了我们一份永远不会忘记的美好回忆。

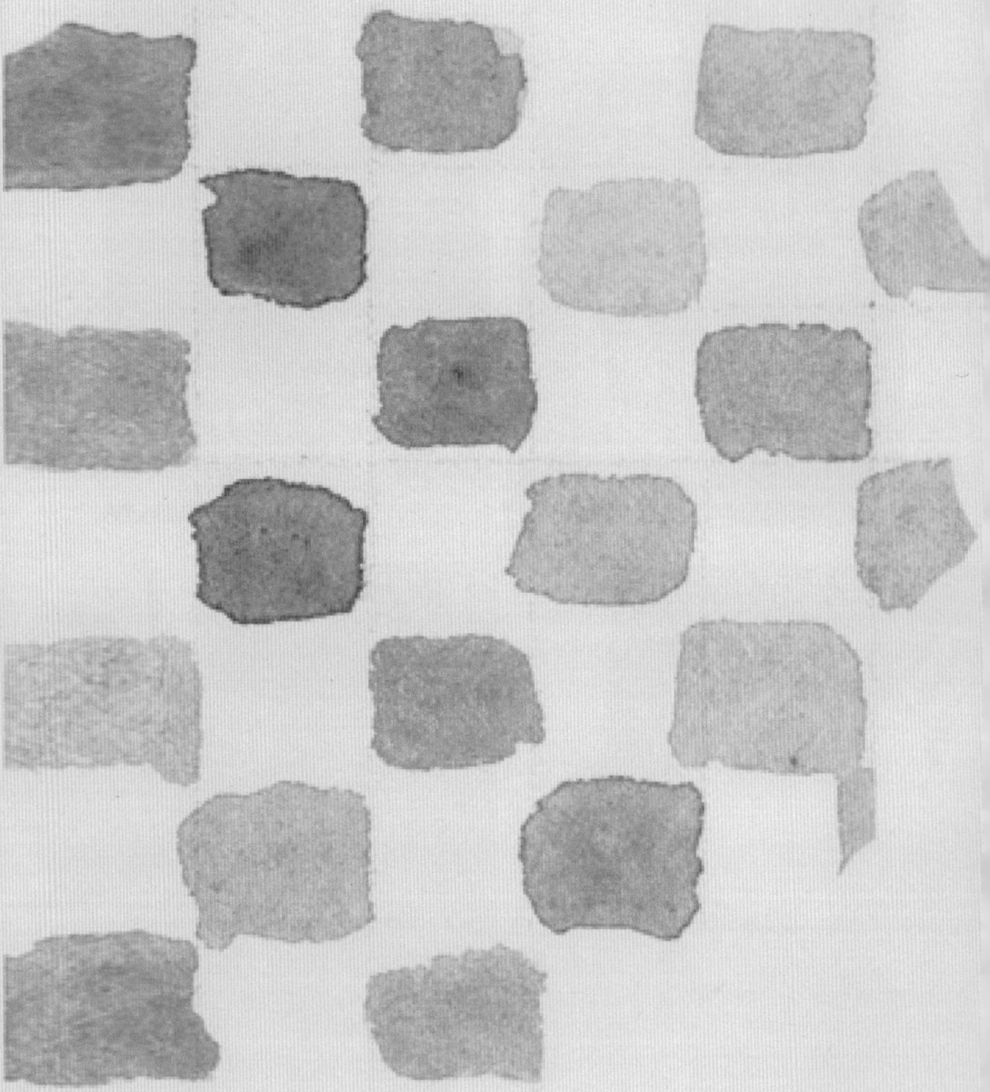

第二章

美的实作

几度与玢玢讨论这本书的食谱实作如何呈现，我们决定把它分为两部分，并以对孩子诉说的角度，来分享其中的知识、操作方法与趣味。

虽说是以写给孩子的角度，但我在文字中提醒孩子何时该寻求帮助，最主要的期待还是希望与父母一起学习"协助"两个字的意义——该帮助的，我们愿意支持；可以放手的，主动给予机会。

孩子需要非常完整的经验，以领会工作的进行与逻辑，即使是很小的成就感，也需要"完整性"才能显现其中的真实与珍贵。

十份散乱、片断的经验比不上一份从头到尾自己动手做的完整过程。不要等长大才来骂他们没有逻辑、顾前不顾后，只要你愿意挑选其中一样食谱，以家中已有的条件来支持孩子，鼓励他们好好思考、好好完成，我相信这些食谱将不再只是好玩，而是功课知识上的响应，也会是一份有用的学习。

食谱中的第一部分，是小厨师在工作现场中的留照，这些记录可以帮助大家看到，在有效资源的协助下，孩子当然可以得到更高阶的完成经验。无论他们的年龄是多大，真正产生让人惊喜成果的条件是"允许"，所以，如果你愿意协助孩子，在家里一样能创作这样的喜悦。

第二部分的食谱，内容偏重在属于孩子的小小乐趣，希望因为支持的条件少而引发更大的行动力。也希望小朋友在做的同时，有更多的机会能了解生活常识，并体会认真投入工作时的快乐。

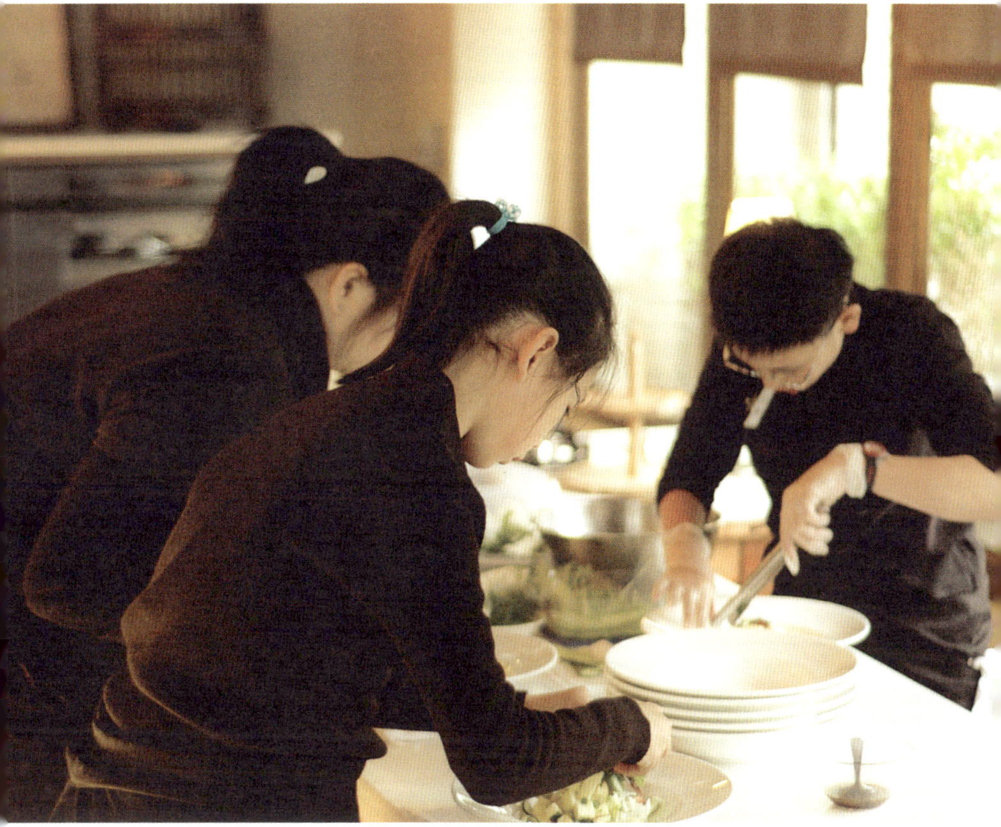

看看小厨师怎么做

• [实作分享1]
做菜就像盖房子一样

  去皮的苹果有典雅温柔的乳白色，现煮的泰国活虾剥壳后艳丽鲜红，再加上劳拉的紫色与阳光莴苣饱满的绿色，这一盘沙拉不只带给客人春天的酸甜，我们的小厨师也在摆盘之时充分吸收了天然食材给予的颜色灵感。

  当他们自己决定要把这沙拉以金字塔形矗立盘中的样貌来呈现的时候，得同时考虑并练习食材应该如何彼此依靠、支撑才不致倒塌；这算不算是一种很好的"力学"体会呢？

鲜虾沙拉

食材准备（4人份）

苹果一颗

泰国虾4只

美生菜或萝蔓心1/4颗

阳光莴苣

芳拉生菜

小茴香

橄榄油

红酒醋或水果醋

糖

做法

1 先把沙拉的淋酱做起来：

　　把醋和橄榄油以一比一的比例调和。

　　加一点点糖，尝尝看是自己喜欢的味道吗？

　　如果你不懂一比一是什么意思，一定要问问爸爸妈妈，先弄清楚后再动手。

2 把苹果削皮切丁，一切开就泡在薄盐水中，以防止多酚类氧化后的变色。

3 把生菜都洗干净，用手撕成你自己喜欢的大小。

4 先决定你要用哪一个盘子摆放你的沙拉，再决定你的造型。你需要想一想的是：软的菜叶如果压在下面，可能就无法展现它轻盈好看的样子了，所以在淋上酱汁之前，你可以试试几种自己设计的造型，反正，如果不满意是可以拆掉重来的。不过，你在做这些料理之前，手一定要洗得非常干净，而且，要注意工作中的卫生。

5 做好的沙拉可以先冰过再上桌，要吃之前淋上酱，马上淋马上吃，菜才不会软掉。

161

第二章　美的实作

在这一则食谱的分享中，小朋友一定看到小厨师自己做出来的沙拉真是太漂亮了！虽然他们都是第一次动手，第一次听到做菜跟盖房子、堆积木一样的想法，但是因为了解"力"的问题，每一批的小朋友都能把一盘盘沙拉做得精美无比，而且每一次都做得不一样。

让我们来看看他们工作中的认真神情，还有做出来的各种摆盘。你一定注意到了，在一盘食物中，有颜色的彼此衬托，有形状的变化，有食物的清洁感，还有食物与餐具之间的搭配；这跟你在画画或美劳课里的考虑是不是很相近？嗯……唯一的不同是，这份美劳作品是可以放进口中、吃下肚的呢！

第二章 美的实作

• [实作分享 2]
静静听，认真看，专心做

亲爱的小朋友，有很多工作你本来以为不会的，一动手之后才发现，自己竟然能做得那么好。Bubu 阿姨带过好多小厨师，没有一个小朋友学不会我们所教给他们的工作，但是，真的有一些小朋友会学得特别快、特别好。你想知道我从他们身上看到哪些相同的地方吗？

静静听方法说明：

这些小朋友都不会在我们教到一半的时候就抢着说："啊！我知道了！我知道了！"他们安静是因为精神很集中，专心在听我们教他们的事，即使其中有些方法他已经学过。

认真看示范动作：

我发现认真听说明的小朋友，眼睛也会很注意示范的动作。我相信他们都是一边看一边同时在想与记，所以等工作交到他们手中时，很少有做不好的。

问好问题：

懂得听话跟懂得问问题都是要学习的。有些小朋友不管听到什么，马上就问："为什么？"这其实并不是好习惯。比如说，Bubu 阿姨请小朋友不要随便打人或要把东西放好，这个时候如果问"为什么？"就不是好问题，本来已经知道的事不应该只为问而问。把工作学得很好的小朋友，提问题总是很清楚。他们的问题都与工作有关系，而不是为了笑闹。他们一定在想，要怎么把事情做得更好，所以，教导的人回答时也会感到特别快乐。

这些是小厨师在刻蘑菇花与绑鸡卷时的工作照片，看一看，小朋友做得多么好！

*雕蘑菇

蘑菇长得很可爱也很好吃，它会不会让你想起那群居住在很遥远、很小的蘑菇村里的蓝色小精灵？他们穿着白衣白帽，大概像三颗苹果叠起来那么高，讲着彼此才懂的语言，过着无忧无虑的生活。

蘑菇常常出现在西餐里，但这么讲究的蘑菇花却不是每一家餐厅都会费心制作的。我们的小厨师手很巧、心很细，今天他们放下大菜刀、拿起小小的尖刀，一个纹路、一个细沟，慢慢把一颗颗蘑菇都刻成好看的花。

你们看看，这些蘑菇刻花之后，看起来又不像蘑菇了，它是不是更像俄罗斯首都莫斯科最美丽的圣巴索大教堂的屋顶？小朋友，你要不要现在就去翻翻书或上网查查那些用马赛克拼贴出来、像童话城堡的好漂亮的屋顶，我想知道，你觉得它们到底比较像洋葱，还是像我们小厨师手里刻出来的蘑菇花？

准备材料

小尖刀 1 把

蘑菇 1 盒

做法

1. 在蘑菇的顶上找出一个中心点。

2. 每一刀左右会合切出"V"形的沟,所有的刻痕都往中心点集中。只要每一个沟之间的距离都抓得均衡,蘑菇花刻出来就会很好看。不要忘记,蘑菇是很轻的,下刀的时候千万不要太用力。

* 绑鸡卷

这几个小女生虽然只是二三年级,但是她们把去掉骨头的鸡腿绑成一个个结实的圆柱状的手艺,一点都不比大人差。就像 Bubu 阿姨在前面说的,先认真听取工作需要的方法,再专心练习,每一个小朋友都可以完成困难的任务。

下一次,如果你遇到一件自己觉得无法做好的事,学学她们,先静下来,"静下来"是最有帮助的。

• [实作分享 3]
用摆盘为主菜加分

Bubu 阿姨第一次教小朋友做主菜盘中的配菜时,小朋友才发现,颜色原来这么重要、可以做出这么多的变化。

Bubu 阿姨请小朋友把一个大黄瓜圆片、一片三角形的黄椒和一片红椒用牙签串起来,让他们在白色的大盘子里能各自露出好看的颜色。小朋友真正动手的时候才发现,看着别人做都很容易,自己做的时候可得好好想一想。

明明只有三个颜色,但排列一不同,感觉就不同。也因为这样,自己动手做了,才能进步。

{葱油鸡的叠高}

﹝羊排与苹果的支撑﹞

【猪肋排要怎么叠才不会垮】

{鸡腿的酱要怎么淋，蔬菜怎么放才漂亮}

生活即教育：如果家家都有小小厨师

{虾如何挂在鲑鱼卷上，和青菜之间怎么强调出色彩关系}

• [实作分享 4]
甜点与快乐

吃完一餐饭之后上甜点,是大家都期待的美好结束。

好的甜点除了味道的美妙与平衡之外,还应该有让人一看就感到快乐的条件。所以,甜点怎么摆放,是充满想象、可以自由发挥的。

要把东西摆得很漂亮,不一定要买新的盘子或杯子,试试看把家里有的容器拿出来好好使用。比如说,如果用玻璃杯装甜点,透明的容器让不同的颜色一一显露出来,只要细心安排,就能让人眼睛一亮。

那么,玻璃杯难道就只能装饮料或装甜点吗?不!如果你拿它来装沙拉也很好看呢!也许你没有想过,拿爸爸妈妈喝咖啡的杯子来装沙拉又是另一种感觉。总之,不要让器具限制了你的创作。

现在,我们来看看小厨师曾经在饭后为甜点创作出多少不同的惊喜,

他们的美感是不是也能得到你的赞美呢？在这个分享中，Bubu阿姨要跟小朋友介绍一个巧克力蛋糕的配方与做法，小厨师们也要以现场装饰蛋糕的照片，跟你分享"变化"这两个字的意义。

这些蛋糕是一样的巧克力蛋糕，但是如果烤的模具不同、叠起来或单独一个，看起来当然就不一样。

即使是样子相同的蛋糕，如果装饰的材料不同，装饰的时候，每个人又有自己的眼光，那么，通过我们的思考与双手所产生的变化，蛋糕就一层层地改变了原本的样子。

巧克力蛋糕

准备材料

可可粉 1.5 杯
砂糖 1.5 杯
中筋面粉 1 又 1/4 杯
泡打粉 2.5 茶匙
小苏打粉 1.5 茶匙
盐 0.5 茶匙
酸奶 1 又 1/4 杯
香草精 2.5 小匙
咖啡一杯
奶油 84 克
全蛋 3 颗

事前准备

量好所有的材料之后，先把烤箱定在 170℃预热，再动手拌材料。

A 把可可粉、砂糖、中筋面粉、泡打粉、小苏打粉和盐混合过筛。

B 奶油放入热咖啡中融化待用。

C 把酸奶、蛋与香草精调匀。

做法

1 把上面所说的 B 与 C 的液状材料，分两次调入 A 的粉状材料中，放入烤盘烤 20 分钟左右。

2 蛋糕会膨胀约两倍，因此你可以用面糊的量来预估自己所要用的容器。烘烤所需的时间当然也会因为烤箱大小而有所不同。

3 用一根细棒或探针深入蛋糕的最中间，如果取出时非常干净、完全没有粘连，就代表蛋糕熟了，千万不要烤过头。

{ 小朋友的装饰 }

生活即教育：如果家家都有小小厨师

{ Bubu 阿姨的装饰 }

• [实作分享 5]
责任、辛苦与好吃

Bubu 阿姨在这里要特地介绍一种面包的做法，是因为有好多小厨师尝过之后都跟我说："好好吃！好好吃！"

大家都知道小厨师其实好辛苦，他们一进门就开始工作，不管几年级、也不管工作是什么，大家都马不停蹄地准备着十二点半客人到达之后要吃的所有食物。

忙完准备工作，小朋友常常只有二十分钟可以吃饭，但是，大家都很兴奋也很紧张，即使早上忙过两个半小时了，小朋友还不饿，通常都吃得

很少，只等着要开始迎接客人或料理食物的工作。

店一开，点餐、做菜、送菜、收拾、清理，大家更忙了，两个多钟头一下过完了，这时，有些小朋友才开始觉得有点饿。有几次，我们刚好烤了佛卡夏面包，小朋友拿起来吃的时候，每个人的眼睛都闪着惊奇的亮光跟我说："好好吃喔！"这让Bubu阿姨觉得好开心！

这种面包是真的很好吃，不过，小厨师们感觉美味的表情中，应该也有一部分的原因是辛勤工作之后的饥饿与快乐吧！

佛卡夏面包（Focaccia）

准备材料

高筋面粉5.5杯
冷水2.5杯
白糖2大匙又1小匙
盐2小匙
酵母粉7克
橄榄油10大匙
粗盐少许（面包表面用）
大盆2个
烤箱、烤盘和烘焙纸

做法

1 准备一个大碗，把面粉、水、盐、糖与酵母粉均匀混合。搅拌后稍等 5 分钟，再继续揉拌感觉很黏的面团约 3 分钟，一边揉，一边转动你的容器。然后放着，等面团胀成两倍大（需要的时间视天气状况从 40 分钟到 2 小时不等）。

2 在另一个可以容纳两倍面团大小的容器中倒入 1 大匙橄榄油，让油均匀依附在容器表面，再把面团移到有油的容器中，翻转面团。拉开面团，再折叠回去，拉叠共做四次。洒上一大匙的油在面团表面，再把整个面团翻过来，然后用保鲜膜盖起来，放入冰箱一夜或至少 8～10 个钟头。

3 从冰箱拿出面团。先在烤盘上垫好烘焙纸，纸上倒入 2 大匙的油，然后把面团移到烤盘。此时面团仍然很黏，不要担心它在烤盘上不易定型，让它自然流动（因为在进入烤箱前还要再搁 3 个小时；如果天气很热，约 2 小时）。

4 先在面团上倒上 2 大匙的油，用手指戳出几个洞，你会发现此时戳出的洞并不容易固定，但别担心，油会顺势找到它的去处。

5 20 分钟之后，再倒入两大匙的油，再戳一次洞。这时你会发现，面团已经流动到更大的范围。千万别费力去把面团拉到烤盘边，这会破坏它的膨胀结构。完成发酵后、进烤箱前，你自然会看到它是满到烤盘边缘的。

6 确定面团上有一层均匀的油之后，盖上保鲜膜，等待面团膨胀成原来尺寸的一倍半，再进烤箱（膨胀到理想程度所需的时间，视天气的冷暖而有不同，通常在 2～3 个小时之间会完成）。

7 准备烤面包的 20 分钟前，记得用 240℃预热烤箱。面团进烤箱前掀起保鲜膜，撒上一些粗盐，把烤盘放在炉中间，烤箱温度回转成 220℃，烤 15 分钟。

8 掉转烤盘的方向，会使这么大盘的面包受热更均匀些，转方向后再烤 7 分钟，检查面包是否熟了。检查的方法很简单，看看边缘与底部是否有漂亮的金黄色，此时，面包表面应该是非常好看的棕金色，而且很酥脆。

9 准备好可以放置面包待凉的架子。拿出面包放在架上。如果发现底部的烘焙纸上有残存的油，把它贴上面包的表面，让表层吸去所剩的油。

10 等 20 分钟，面包凉了之后再切，如果要趁热吃，剪刀会是更理想的工具。

来！我们也来试试看

摇出来的魔术：手工奶油

亲爱的小朋友，你可曾想过，奶油可以在家自己制作？如果有人真的把半瓶装了鲜奶油的玻璃瓶交给你，告诉你说，只要摇动，等一下就会掉出一块好好吃的奶油，你会相信吗？

嗯……最好你不信，因为，不相信的事就一定要自己做做看，证明不是如他所说，才能辩论真假，对不对？不过，在你还没有决定要不要动手之前，Bubu阿姨说个故事给你听，这是我学会做手工奶油的原因。

四年前，当我还住在新加坡的时候，楼上邻居住着一个名叫Vivian的小女孩。

Vivian很可爱，是新加坡美国学校四年级的小朋友。有一天她敲敲我的门，手里拿着一份报告，问我能不能跟她一起做完这份功课。原来，四年级的历史课正在讲美国移民的生活故事，从1620年五月花号抵达美洲新大陆开始介绍美国的历史。为了让小朋友们知道当时的移民是如何用手工搅动的方法制作奶油，老师设计了一份功课，要他们自己也试着做做手工奶油。

那天下午，我跟 Vivian 照着老师写在讲义上的方法，摇出一块奶油时，我们两个忍不住开心地尖叫了起来，在原地转了好几个圈。然后，我们决定打开一条饼干，一口口把自己摇出的奶油全吃到肚子里去。"真是一点都不输给莱佛士饭店里供应的手工奶油！"我们相视而笑之后得到这样的结论，好得意！

准备材料

一个盖子紧密、可以摇动的罐子（口不能太小，要不然，摇成的奶油会倒不出来）

一小瓶动物性鲜奶油

做法

1. 瓶子洗干净完全晾干或擦干后，在瓶中倒上半瓶量的鲜奶油，不能太满，否则没有空间可以摇动。
2. 上下轻轻晃动你的瓶子，如果手酸了，停一下休息片刻没有关系。
3. 不要怀疑地摇到瓶中的奶油从一片黏稠的糊状分离出一块奶油，和所剩的一些比牛奶质地更轻盈的脱脂奶。
4. 把牛奶轻轻倒出后，再用另一个盘子装盛你的手工奶油。
5. 邀请你的家人一起坐下来好好享受那松松软软、非常好吃的手工奶油！

嘴甜心也甜的礼物：棒棒糖

棒棒糖不像其他的糖果得一次放进嘴里。就算那糖化得很慢吧，妈妈应该也不会准你用手把糖拿进拿出，看看在嘴里慢慢变形的糖到底一步步变成什么样子。可是棒棒糖是不一样的。

不管那根棒棒是冰棍棒、塑料棒或像 Bubu 阿姨用的这些"肉桂棒"，慢慢吃着吃着的时候，如果想拿起来看看，既方便又没有卫生的问题。

平常如果不要乱买零食，假日请爸爸妈妈跟你做几根棒棒糖放在冰箱或罐子里，或许他们也会跟你一样，觉得开心又有趣。特别是在圣诞节的时

生活即教育：如果家家都有小小厨师

候,或在你自己的生日会,不用花钱买礼物,自己做一些形状可爱的棒棒糖,可以把它当成挂饰或礼物送给你的朋友。

准备材料

糖粉(糖粉可以在超市买到整包的,或去市场的杂货店称斤买。半斤的糖粉就可以做很多支棒棒糖了。糖粉是用白糖磨成的细粉,里面有时也会添加很少量的玉米淀粉)

棒子

做法

1 先在一个平盘中垫一张烘焙纸或铝箔纸,把棒棒彼此拉开距离排好。

2 把糖粉倒在一只小锅子里,用小火慢慢加热,直到它融成漂亮的金咖啡色。一定要注意,这个时候的糖可是比开水温度还高,要小心,不要被烫到。

3 把糖放到棒子的上半中心,想要什么形状,就在倒的过程中以画画的方式完成。千万不可以用手去摸糖,要记得那是滚烫的。

4 如果要为它加上嘴巴或眼睛的装饰,在糖还没有变凉、完全凝固之前就轻轻压上。

5 如果你的糖还没有完全做好,但锅里的糖已经硬了,请妈妈再用小小火为你回温。

夏天的好朋友：
水果冰沙

　　天气热的时候，谁不喜欢在饭后吃一些冰冰凉凉的甜点呢？在 Bubu 阿姨小时候，妈妈因为要管一个工厂，每天都有做不完的事，但她总是利用工作之间的空当或难得的休假日带我们一起准备点心；我最记得夏天装在拉链袋里的红豆冰和放在好看碗里的水果冰沙。

　　这个冰品的做法很简单，但需要耐心。你会发现，自己做的食物，因为慢慢看着它成形，吃起来的味道就是跟外面很方便就买到的现成品不大一样，因为它会有你自己制作时的用心，还会有你等待时慢慢加进去的感情。

　　做这份冰品会使你了解，把部分凝结的冰经过搅拌之后再度冷冻，它的质感跟直接冻成硬硬的棒冰不一样。

　　做的时候，用你的眼睛观察为什么它被叫作"冰沙"；尝的时候，记得好好体会并分辨，它与棒冰有何不同。

准备材料

桑葚泥 50 克／甜味腌渍梅或酒梅若干／白糖 60 克／水 250 毫升／甜味酒或白酒 50 毫升（这是给爸爸妈妈的配方）

做法

1. 溶化糖水之后加入果泥、梅子（与酒），搅拌均匀后仔细封住容器的口再放入冷冻库，以免混杂冰箱的异味。
2. 每隔 1 个小时，搅拌部分已经结成固体的冰沙，观察容器的量与冰箱可供应的冷度，到底是深一点的盆子结得比较快，还是宽一点的结得比较快。来回几次之后，你的冰沙已经完全凝结，再盛入杯中马上食用。（杯子如果冰过，当然会更好，为什么？）

同样的做法，你也可以更换其他的材料，例如：
- 水蜜桃泥加水蜜桃粗果粒
- 切碎的罗勒叶与柠檬
- 巧克力牛奶或红豆牛奶

甜美的分享：焦糖烤布丁

亲爱的小朋友，你喜欢吃布丁吗？也许妈妈曾经带你在超级市场买过布丁粉，把布丁粉用热水调一调，放在冰箱中凝固了就可以吃。这当然是一种布丁，但是你也可以请妈妈带你试试看Bubu阿姨要介绍的另一种布丁做法。

使布丁凝固最主要的材料是鸡蛋里的蛋白质，所以，它其实可以说是西方人的"甜蒸蛋"。如果妈妈把蛋打一打，加上两倍的水调匀过滤，再放到电饭锅里去蒸，就能为你做成一碗好吃的蒸蛋。现在，我们来看看习惯喝牛奶、吃鲜奶油的欧洲人，又是怎么来料理他们的鸡蛋点心。

材料与分量

［完成分量］约 24 个

［焦糖部分］糖 100 克、水 60 毫升

［布丁体部分］A：全蛋 7 颗、糖 130 克、香草精 15 毫升

B：动物性鲜奶油 220 毫升、鲜奶 1000 毫升

做法

1. 把糖水煮到焦糖化，马上倒入模型中。
2. 把材料 A 搅拌均匀待用，B 混合搅拌煮至 70℃（如果你没有温度计，可以以表面结皮为判断），将 B 搅拌入 A 中。
3. 将蛋奶汁倒入模型中隔水加热烤熟。
4. 烤盘垫纸，倒沸水入烤盘中，再放上布丁进炉。以 150℃烤 30 ～ 35 分钟。

生活即教育：如果家家都有小小厨师

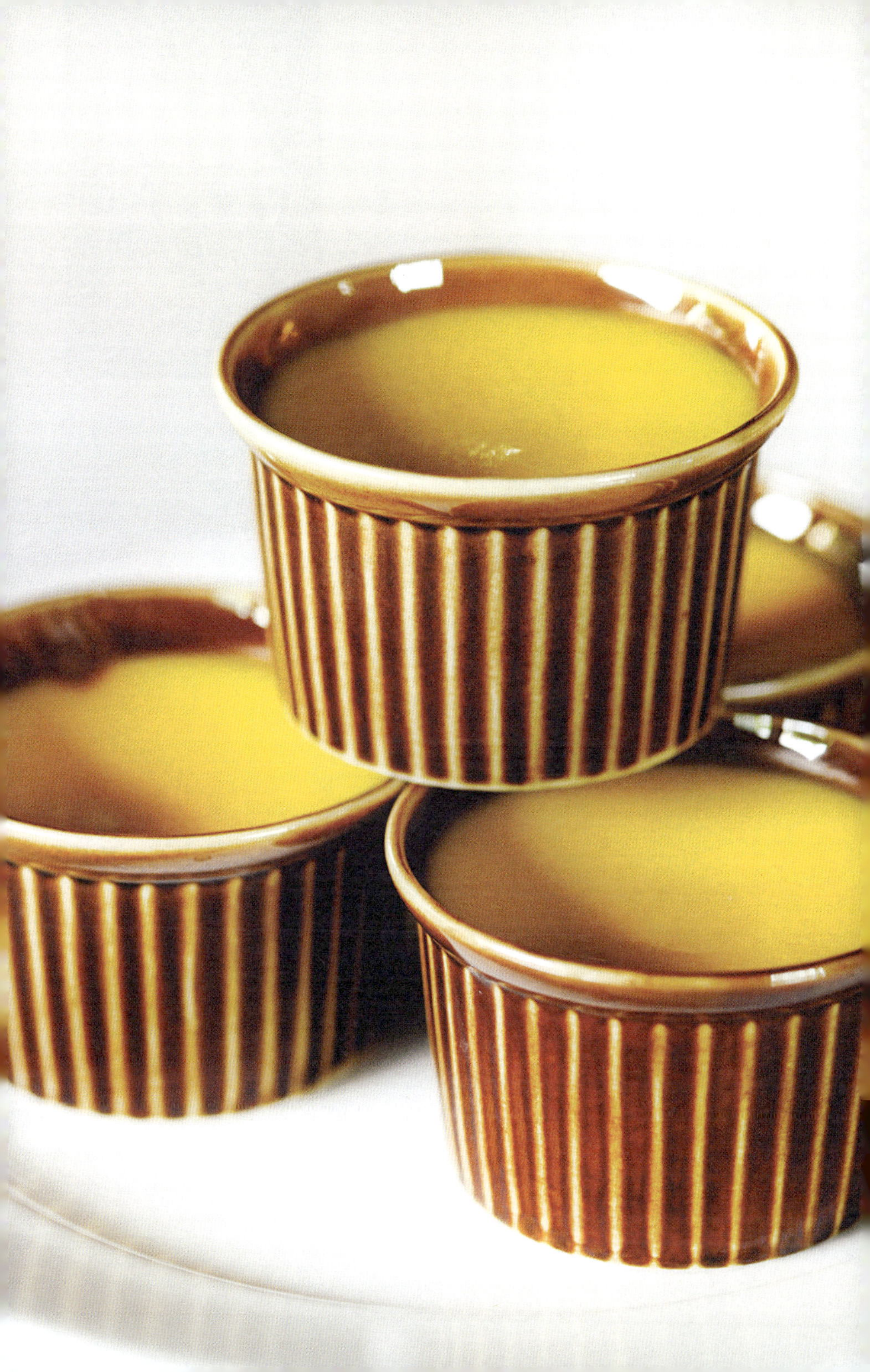

为家人做早餐：白煮蛋

如果平常上学日都是妈妈帮你把早餐准备好再叫你起床，那找一天假日，换你为家人煮个好吃的白煮蛋当早餐。

做白煮蛋很简单，Bubu 阿姨要告诉你怎么把蛋黄煮出自己喜欢的熟度。要掌握一件事就必须先了解它的各种变化，希望你细读 Bubu 阿姨整理的数据，可以帮助了解时间与加热的问题。

鸡蛋是一个球中球，分为蛋白和蛋黄两个部分，对人类来说是非常有营养价值的食物。鸡蛋如果经过加热的处理，我们吃的时候就不担心安全，因为烹煮可以杀菌，而我们最怕的情况是鸡蛋里聚集了沙门氏菌。

如果用 70℃ 的温度持续煮鸡蛋 1 分钟，或以 60℃ 持续煮 5 分钟，沙门氏菌可以完全被杀灭，我们就能放心食用。

这是给你的时间参考，你可以对照图片中不同蛋黄的熟度，来决定烹煮时间。

准备材料

蛋、蛋杯

做法

1. 把常温的蛋洗净后，先放入锅中再放水，水要高过蛋的表面。放蛋的时候要轻轻地触到锅底，才不会因为用力让蛋壳裂开。蛋壳一裂开，煮的时候蛋白就会渗出来。

2 从冷水就开始煮蛋，为了让温度均匀，在水烧开之前，每隔一两分钟就用汤匙轻轻地搅动一下，这样蛋黄凝固的位置才会在蛋的中间。
3 水开了之后如果立刻关火，泡 12 分钟，这时蛋白会凝固，但是蛋黄是流动的（见右上图）。
4 水开了之后继续煮 2 分钟就捞起，这样的蛋黄是半凝固的。
5 如果开水煮 2 分钟先不捞起来，继续再泡 5 分钟，那蛋黄就会有沙沙的感觉，完全凝固却不会太硬（见右中图）。

亲爱的小朋友，鸡蛋里有小鸡孵化所需要的一切养分。蛋黄和蛋白中间有一条像绳索一样缠绕的细线叫作"卵黄系带"。Bubu 阿姨在打开这个白煮蛋的时候，刚刚好看到一条清楚的卵黄系带（见右下图），特地拍下照片跟你们分享。

卵黄系带这条绳子很有用，它能帮助蛋黄固定在蛋壳的尾端，还可以使蛋黄悬浮在鸡蛋的中央旋转，这使得小鸡在蛋中孵育的时候得到很好的保护，免得一下就去撞到蛋壳，那可就像小婴儿撞到床边一样危险。

为什么你并不是每次都能清楚地看到这条卵黄系带？因为当蛋白煮到很熟的时候，蛋内不同层的或浓或稀的蛋白质，都已经全部凝结成一片，很难清楚地被分辨出来。

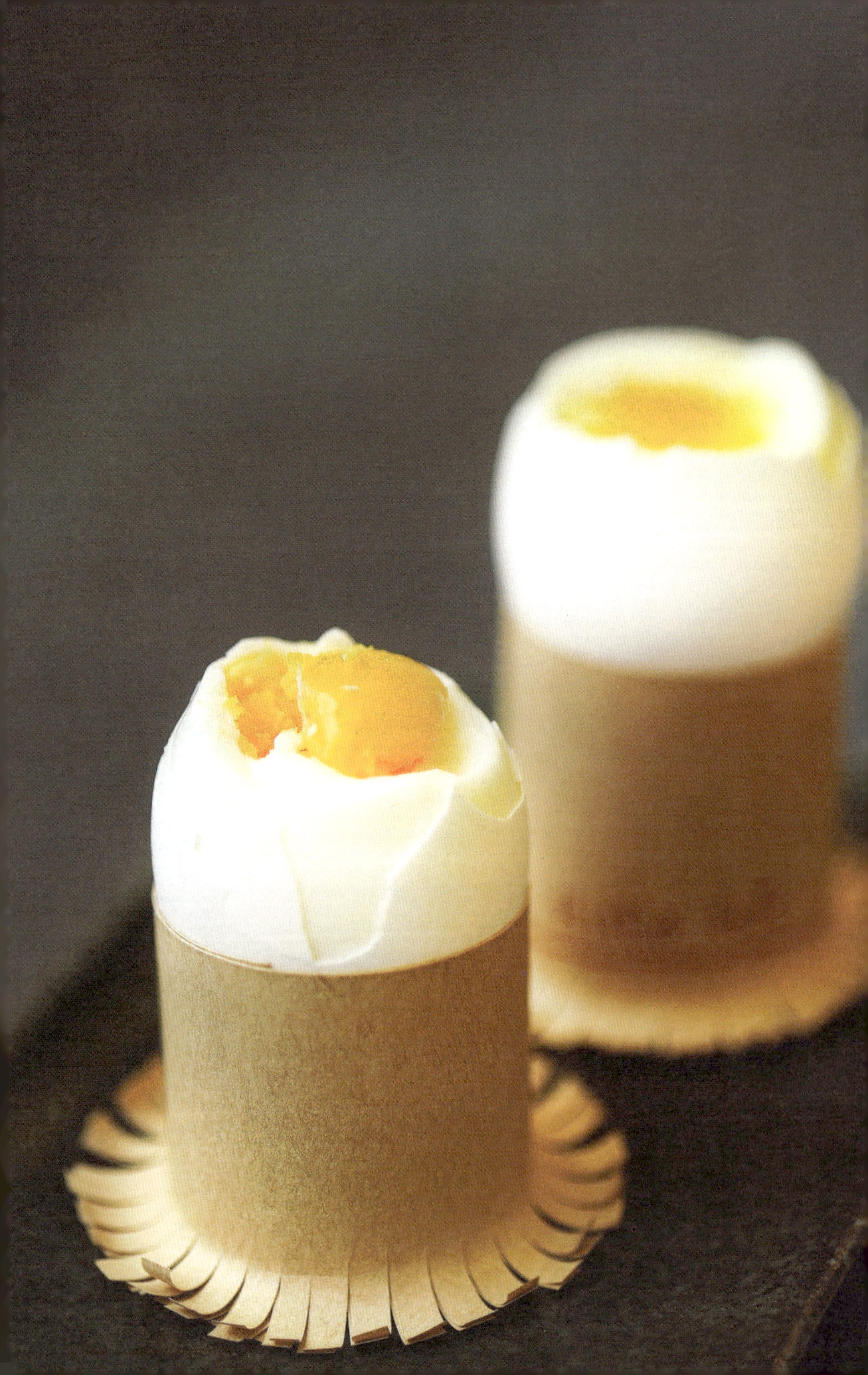

想要，就动手做：蛋杯

看过前面的白煮蛋之后，也许你的心里有一点小小的失望，想要跟妈妈抱怨："我们家又没有蛋杯，我们要怎么把白煮蛋摆得漂漂亮亮的呢？"

Bubu 阿姨建议你，先不要说这些失望的话！如果我们要把生活过得很有趣，就是不断地、不断地想办法。

Bubu 阿姨比你们大三十几岁或四十岁，小时候我的家乡"台东县成功镇"，连最热闹的大街上也没有太多的东西可以买。所以，如果我们想要什么有趣的东西，得尽可能地想办法，自己动手做一个。

这两个纸做的蛋杯也许可以给你一些联想。为了让它的底座更稳一些、样子更好看一点。小米粉阿姨跟 Bubu 阿姨讨论之后，决定把纸的下层剪出一点须须，这样，整个杯底因为比较柔软而能调整和桌面的贴合。

蛋是有重量的，为了让这个蛋杯能托得住蛋的重量，我们用的是比较厚的纸，而且用两层。从这个想法里，你也一定推想得到，折叠可以增加纸张的厚度。当然，如果你想在蛋杯上画出美丽的图案或加上让人看了食欲大增的颜色，那么，先画好再黏成环状，或圈好再画，是不大一样的做法。

聪明的你，好好想过之后就可以动手了喔！

不会"遗忘"的味道：蛋白糖

在英文中，蛋白糖（meringue）有一个很可爱的别名叫作"被遗忘的饼干"（forgotten cookies）。Bubu阿姨先不告诉你们这个名字的由来，等看完做法，再想想看，也许你自己会想出它"被遗忘"的原因。当然，那绝对不是因为蛋白糖不够好吃，吃完让你想要赶快把它忘掉。事实上，到目前为止，吃过的小朋友，还没有一个人说它不好吃呢！

蛋白糖因为颜色雪白，所以，在另一种很有名的蛋糕"蒙布朗"上层，它的颜色代表的是层层的积雪。"蒙布朗"是阿尔卑斯山白朗峰（Mont Blanc）的音译，如果你查一查字典，就会知道这座海拔超过4800米的山是非常非常有名的。所以，它是哪国的名点心呢？

我们先不急着做蒙布朗，因为它需要栗子泥和蛋糕，但是，只要爸爸妈妈愿意帮你一下，你自己就可以做出很棒的蛋白糖。

准备材料

细白砂糖、蛋白、白醋或柠檬汁、烘焙纸

电动打蛋器、盆子与烤箱

计算

在决定要用几颗蛋做蛋白糖之前，我们得先算一算。每一颗蛋白如果可以成功打发，可以变成八倍的体积，所以，如果你的每一个蛋白糖要烤成像一颗蛋白那么大的话，用一颗蛋白可以做成八个蛋白糖。那么，如果你想做二十四个蛋白糖，应该用几颗蛋白呢？糖的准备分量也很容易计算，每一颗蛋白要配四十克的细白砂糖。

做法

1. 把烤箱预热在 120℃。
2. 先把烘焙纸准备好，垫在烤盘上。
3. 把一个盆子洗干净，不要有任何的油，因为脂肪会使蛋白不能成功打发。
4. 分开蛋白和蛋黄时，也要注意别弄破蛋黄，因为蛋黄有油脂。
5. 在蛋白中加一点点醋会让蛋白比较容易打发。使用打蛋器的时候要从低速打起，再慢慢增加速度，你会看到蛋白一直在变化，渐渐像棉花糖一样。如果它看起来已经全部都很白，而且感觉很容易固定形状，就已经达到发泡的阶段。这个时候，即使你把整个盆子都倒过来，蛋白也绝不会掉下来（见右上图）。
6. 接着把糖分成几次加入蛋白中，每加一次，就直接用高速打匀，但不要打太久，让糖散开就好。等所有的糖都加完后，再用高速继续打一下。这时，你会看到蛋白变得很光滑也很浓稠，打蛋器打过的地方纹路很容易留下来。如果把打蛋器沾一点蛋白朝上，会跟照片中一样，尖尖的顶端挺挺地立起。
7. 用两只汤匙挖出一颗颗像半颗鸡蛋大的蛋白糖泥，前后左右都留大约 2 厘米的距离。
8. 放进烤箱时记得放在最底层，否则糖不能保持雪白的颜色，因为糖很容易焦化成金黄色。先设定 1 小时，关掉开关后先不要拿出，等半个小时，让糖在烤箱中慢慢再烘干一点会更好吃。

总共需要一个半小时呢！小朋友，你会记得你的烤箱在烤蛋白糖吗？还是你会把它烤成"被遗忘的饼干"了呢？

漂亮的好手艺：甜薯茶巾绞

茶巾原是日本人茶道中用来擦拭茶碗的布，到现在"茶巾绞"已经变成一种料理的处理方法了。把食物放在茶巾的中央，用扭绞的方法做出漂亮清楚的纹路，无论是甜点或料理，都很受欢迎。

Bubu 阿姨特别要跟大家分享这个方法，是因为在带小厨师的时候，我发现小朋友的小小手能扭出比大人更漂亮的茶巾绞；又因为现在家家户户都有保鲜膜，所以，即使没有茶巾或甜点的材料，只用白饭，你也可以练习做出几个让自己感到开心的茶巾绞。

准备材料

烤好的番薯或煮好的芋泥或红豆泥。

当然，也可以用两种材料，做成夹心口味或是颜色不规则地混在一起的好看的茶巾绞。

做法

1. 把番薯或芋头都压成泥（现在便利店都有卖烤番薯，很容易就可以试试这样的做法）。
2. 撕一张保鲜膜，把材料放在保鲜膜的中间，如果要夹心，就像照片中你所看到的那样，先把其中一种材料揉成圆形。
3. 把保鲜膜的每一个角都拉到同一个中心点，把材料扭成一个球状，轻轻打开，让纹路很清楚地留着。
4. 也许你没有想过，地瓜皮也可以用来装饰！照片中那个咖啡色，看起来像"水果蒂"的，就是用地瓜皮做的喔！

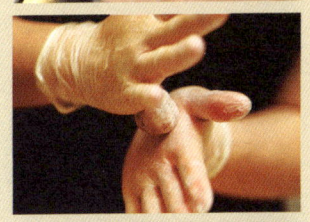

最特别的礼盒：马铃薯沙拉

亲爱的小朋友，Bubu 阿姨为你们写这个食谱时，最先想到的并不是"吃"这件事，而是想跟你们分享创作与联想的问题。

很多人看到这个礼物形状的两层沙拉时问我："你怎么这么厉害，是在哪里看到的？"其实，我并不是从其他食谱中看到这个做法的，我只是从一份广告上的图像得到这个联想。

有一天，有人寄给我一份广告，那是一家很出名的珠宝店，画面上的图像很简单、很干净，只是一个青蓝色的硬纸盒上打着白蝴蝶结，也许，你们也常常看到这个广告。

那天，Bubu 阿姨正好要做一个马铃薯沙拉，所以，我立刻想到，马铃薯泥是软的，我也可以把它整成方盒的样子，而小黄瓜片如果用刨刀一片片削下，它就可以有柔软度，要装饰成蝴蝶结就一点都不难了。

准备材料

马铃薯、美乃滋（即蛋黄酱）、小黄瓜

做法

1. 蒸或煮熟的马铃薯压碎成泥后用美乃滋调味。
2. 把马铃薯泥整成两个大小的正方体，先不要叠在一起。
3. 小黄瓜用刨刀刨成薄片后，交叉放于第一层的薯泥上。
4. 第一层完成后，先把第二层用十字相交的小黄瓜片一端放好，再叠压上第二个薯泥，然后绕过去另一端，把尾巴收漂亮。
5. 用几条较细的小黄瓜片来做绑花。因为条状的小黄瓜刨片时会有宽度大小之分，宽的用来做十字交叉的部分，窄的做绑花会更生动一些。

小朋友，联想当然很重要，它使我们的创作得到不同的启发，不过，使这个惊奇真正出现的原因，并不光是Bubu阿姨有联想的能力，而是我真的把想法表达出来，让它变成结果。

所以，下次你有什么样的想法，也许可以跟爸爸妈妈讨论一下，如果得到他们的某些协助与允许，你的联想就会长出美丽的翅膀，从心里飞向你的生活里。

神气的小元宝：水饺

不管妈妈准备什么馅料，如果可以自己动手包水饺，真是开心！

我的姑姑都很会包水饺，她们教我包水饺的时候，我学到了一些诀窍好让包出来的水饺可以坐得挺挺的。因为我们中国人又把水饺叫"元宝"，如果不能一只只神气地坐起来，那就不叫"元宝"了。

包水饺的要诀

1. 水饺皮的周围要薄薄涂上一层水，这样在捏的时候才能紧紧地黏起来，否则妈妈下锅的时候，水饺会打开。哇！皮开肉散。

2. 馅如果包太少，水饺会扁扁的；如果太多，会跑出来。所以，要看饺子皮的大小来决定。最好的方法是先包一个起来之后，仔细观察是太多还是太少。该加多少或减多少，都要仔细观察后再决定，这样你才会找到最适合水饺皮的馅量。

3. 捏饺子的时候先把中央的点定下来捏紧，然后右边两折靠向中央点，左边两折也靠向中央点。每一折跟中央点会合的时候都要压一压、紧一紧。如果因为皮上的面粉太干，让折子无法紧贴，在指尖沾点水，让皮湿润后再捏合。

4. 把包好的水饺调整一下，让饺子的底部好像"坐"着一样，更立体好看。因为整只都是软的，所以很容易调整，动手试试看，就会懂得 Bubu 阿姨的意思了。

第二章　美的实作

西方面疙瘩：马铃薯饺

马铃薯饺是意大利人的一种主食，它很像我们中国人的面疙瘩，只是加了马铃薯之后，这种西方面疙瘩吃起来就会比较松软。

做好的马铃薯饺可以直接吃、拌酱吃，或是淋上酱、撒上奶酪丝再烤一下，就会像另一种比萨。当然，每一种吃法都不错，给同一种材料不同的变化，就不会腻。这就像给已经有的东西加上一点新的想法、稍微改变一下玩法，你就会像拥有新东西一样开心。

准备材料

马铃薯泥 1 碗

低筋或中筋面粉 2/3 碗

（如果希望软一点、马铃薯味重一点，可以用 1/2 碗面粉就好）

蛋黄 1 个

盐与胡椒少许

做法

1 请妈妈把生的马铃薯用少许的水煮到非常熟软、可以压成泥却不带水的程度。当然，也可以用蒸的。

2 当妈妈把马铃薯拿起来之后,你可以用马铃薯捣泥器或饭勺把马铃薯压成很细的泥状。要记得趁热压才容易,如果凉了它会比较硬。

3 在一个容器内或干净的桌上围上面粉与薯泥,把蛋黄放在中间,加上一点盐与胡椒调味,然后开始揉匀所有的材料。

4 变成一块面团之后,可以把它揉成细条、切成小块,再用手整形,然后用一把叉子在马铃薯块上轻压一下做成花纹。

5 做好的薯块要等水烧开后再下锅,因为薯泥已经是熟的,所以在锅里煮的时间很短,只要等它浮上来再煮一下就可以捞起来,再看要淋酱或是烤来吃。

发挥你的好创意：蔬菜派

我们常看到的"派"是从英文的"pie"翻译而来的。几乎每个欧洲国家都有著名的派料理，但是，小朋友，你会不会跟 Bubu 阿姨一样，当自己站在面包店或餐厅看着派或塔时，在心里纳闷着它们到底有什么不同？要怎么分别？

"派"与"塔"最简单的分别，就是一个密封、一个开放。所以，"派"是用两层的派皮把馅包在其中，可以有各种各样的形状与组合；而"塔"是一面开口的点心，虽然在塔上面还可以有各种装饰，但它的底部与上层的材料并不相同。

这个蔬菜派可以帮助你了解，先用一层酥皮当底，一层层放入各种材料，或把材料全部混合放在中间当馅，然后再盖起另一层酥皮的做法。

最可爱的是，你看，只要捏一捏或用小刀切出几个开口，一块原本平凡无奇的面皮看起来就会很不一样，这就是大家常说的"创意"。你自己想一想，一定会有好美的作品出现。

在下方的图片里，你也可以看到小厨师亲手做的另一种海鲜派，他们只用一张酥皮把海鲜包在其中，小小的巧手还把包剩的另一条酥皮捏出蝴蝶结或小花，烤一下之后，变得好漂亮！

准备材料

酥皮

各种蔬菜或鱼肉（你可以跟爸爸妈妈讨论自己喜欢的馅料，但蔬菜要先煮熟，水分要沥干或拧掉，否则酥皮会湿软）

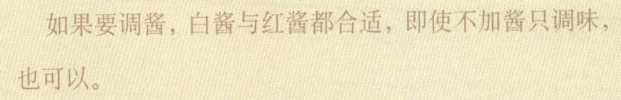

如果要调酱，白酱与红酱都合适，即使不加酱只调味，也可以。

蛋黄 1 颗（用来涂抹酥皮表面）

做法

1. 把一片酥皮放在容器内或直接放在烤盘上，再把内馅放在当中。
2. 盖上另一层酥皮。
3. 涂上蛋汁，用 200℃烤到酥皮胀起并有漂亮的颜色。

注意

因为蛋黄容易焦，如果有上火的烤箱不要太靠近上火。万一烤箱很小，涂蛋黄的动作可以等到酥皮膨胀起来之后，取出来做。再放进烤箱时，只要看到酥皮变成漂亮的金黄色，就可以拿出来了。

享受拉丝的乐趣：比萨

外卖的比萨虽然很方便，但自己动手做一个也不难。小朋友，你知道"比萨"虽然起源于意大利，但现在已经成了全世界有名的食物。虽然卖比萨最有名的连锁店是美国的，但要记得，比萨并不是美国的传统食物，它跟意大利很出名、那个在半空倾斜的圆柱状高楼比萨斜塔也没有关系，只是发音听起来类似而已。比萨（pizza）并不是比萨（Pisa）城市的名食。

古代的欧洲人喜欢把薄薄的小圆面团压扁放在石头上烤，加上酱料或食物一起吃，后来慢慢、慢慢地就演变成我们所知道的各种各样的比萨。

现在做一个比萨，一定会包含四个部分：面皮、涂酱、馅料、奶酪。

干酪是Cheese的读音翻译，也就是奶酪。比较常用在比萨上的奶酪，是切成细条状的水牛奶酪（Mozzarella），加热后会融化，趁热吃可以拉成丝，很多人喜欢吃比萨也是因为这个拉丝的乐趣。如果在家烤比萨，你就可以在出炉后马上享受冒着烟又拉着丝的即席乐趣。不过，小心很烫！

准备材料

酵母粉7克、温水1杯、中筋面粉2.5杯、橄榄油1小匙

〔皮之外的材料〕

· 任何你喜欢的蔬菜或海鲜鱼肉，但不要用久煮才能熟透的材料。

· 照片中的这个比萨，用的只有西红柿、九层塔和奶酪，是地中海一带常吃的简单比萨。

· 在超市可以买到小瓶的比萨酱，是西红柿与各种香料混合的浓酱，直接用来当涂酱很方便。

· 已经切好的奶酪丝，如果没有用完，记得要包好冷冻起来。

做法

1. 把酵母粉放入温水中等 5 分钟。
2. 加入其他所有的材料搅拌揉成面团，大概揉 7～8 分钟，再醒 15 分钟。
3. 烤箱预热 250℃，在烤盘上铺烘焙纸或涂一层薄薄的橄榄油。
4. 在烤盘上把醒好的面团整成 1 厘米厚、你自己喜欢的大小与形状的饼皮。这面团很软，但不要担心。
5. 用 250℃烤 10 分钟，拿出来后要分三层完成工作：第一层先涂上酱；第二层均匀地铺上材料；第三层均匀地撒上奶酪丝。
6. 再放进烤箱烤几分钟，直到奶酪丝都融化，并且呈现好看的金黄色。

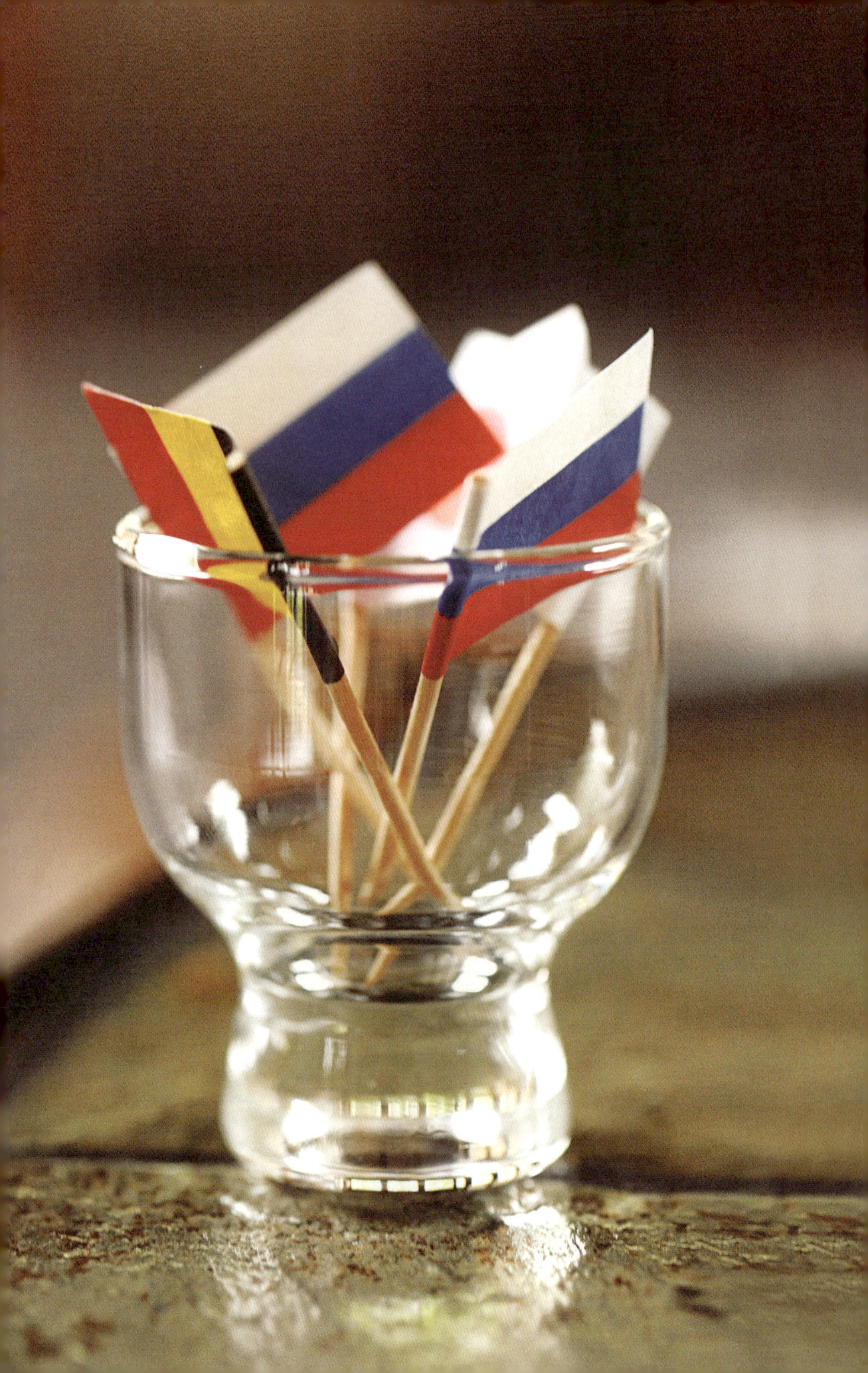

在餐桌上环游世界：小旗子

插在这个玻璃杯里的各国小旗子，小朋友，你都认识了吗？哇！光是蓝、白、红这三种颜色的不同排列、横的竖的，就可以帮助你多认识好几个国家。赶快去查一查，这样，下一次妈妈如果做了不同国家的料理，你就可以做个可爱的小旗子插起来。

这些小旗子的做法很简单，只要有一些牙签和白纸就可以了。

当然，如果家里有计算机和打印机，你做出来的就会像照片中这些国旗一样。可是，如果你有彩色笔或蜡笔，用画的应该会更漂亮，只要注意你用来上色的颜料碰到水，会不会有问题？因为有时候旗子会被食物碰湿，所以要很小心。

不一定是国旗，如果你的家人生日或小朋友来家里聚餐，你可以画个可爱的小图案，一样用牙签粘起来，就可以插在食物上当很好的装饰。

粘这个小旗子一点都不难，只要注意把牙签包在纸中间，这样让两边的纸彼此有多一点黏合的面积，旗子就会很牢固。

Bubu 阿姨记得，小时候第一次想粘这样的小旗子，我是把棒子放在一边，只用多一点的纸卷过棒子，结果总是粘不牢。第二次，我就发现应该要在纸的两面都画上图案，再把棒子夹在中间，这样不只很容易粘，也粘得很牢。

第二章 美的实作

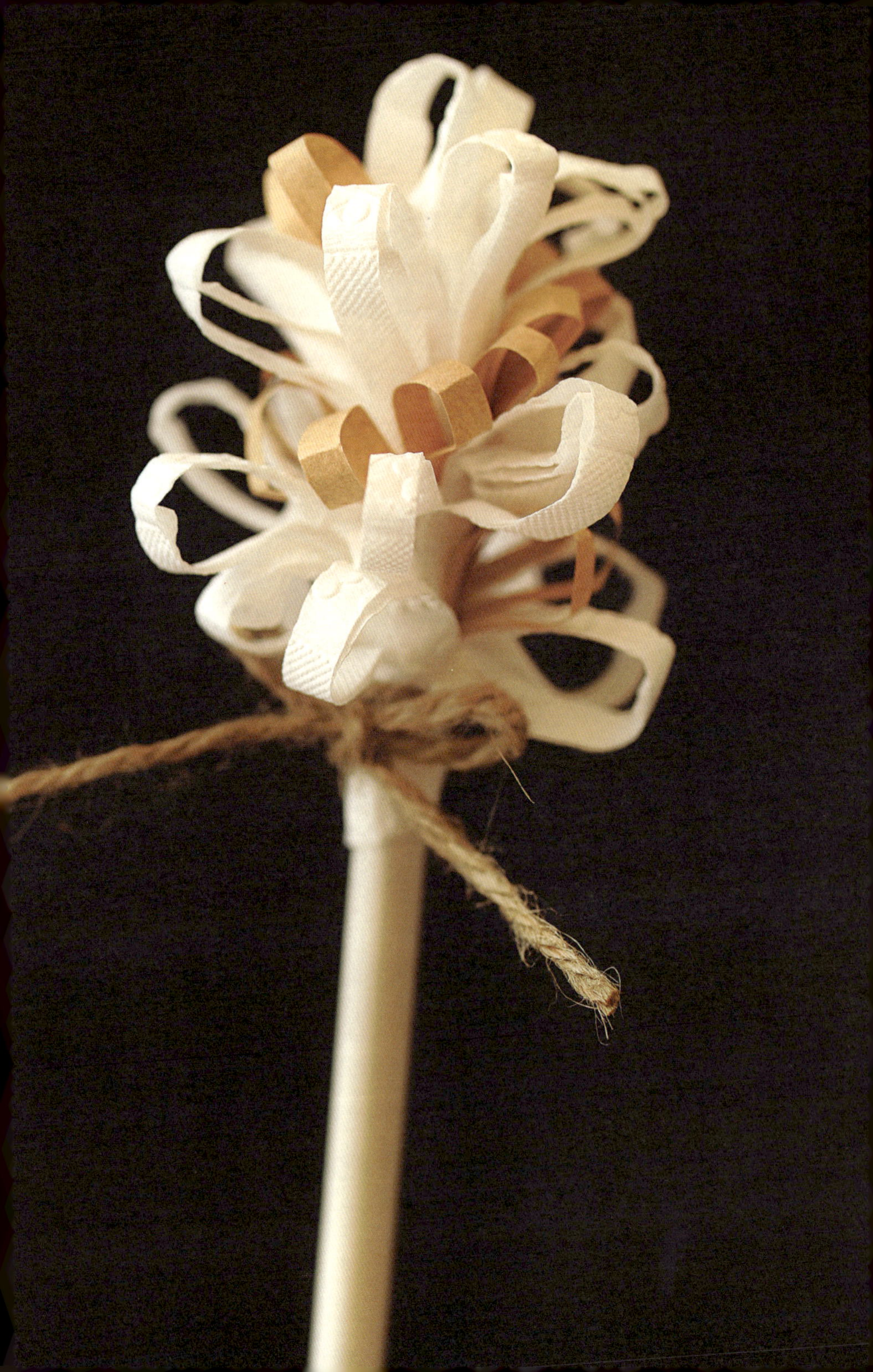

把食物变得更美丽：纸环

小朋友，你一定看过有些餐厅在鸡腿或羊排的骨头上系上一个漂亮的白纸环：它们看起来有点像一顶厨师的高帽，也有点像一条蓬蓬裙。有些法国餐厅还在纸环上再绑一条蓝白红三色的缎带（想想看，为什么是蓝白红而不是黑红黄或绿白红呢？为了让你有多一点点的时间想一想，Bubu 阿姨把答案放在这个主题的最后面）。

第一次看到有人在鸡腿上套这样的纸环，是在我妈妈的一本日文杂志的图片上；那个时候，我大概是小学四年级吧！因为很喜欢、很喜欢，所以我就盯着书里的画面，只想动手做出那样好看的纸环。

小学四年级是十岁，已经可以做很多事情了。我们班上大部分的同学回家都要帮忙家务，我每天放学也一定会帮妈妈打扫家里、洗米煮饭，再把全家人要洗澡的那炉热水烧开。因为常常练习比纸环更难的家务，所以，当我看到、想做又真的动手去做的时候，很快就完成了一个漂亮的食物装饰。以后妈妈在家请客的时候，我的纸环就常常派上用场了。

准备材料

剪刀、白纸或彩色玻璃纸（同样的做法，如果是彩色玻璃纸就可以把它粘在牙签上，变成茶宴上小点心的漂亮小叉子）

做法

1. 做一个用来绑大鸡腿的纸环需要 15 厘米长、9 厘米宽的纸。单色或双色可以自己决定,但如果从单色做起,下一次想做双色时,一定很快就可以观察出纸要怎么安排会更好看。

2. 把纸对折,但不要把折线压得太紧,免得线的痕迹太明显,看起来很呆板。

3. 像照片中那样,从对折往离纸会合之处约 1 厘米的地方剪出细条(见第 1 排的剪法图解),细条宽度可以依你自己的喜欢来决定。

4. 剪好后把纸翻过来并稍微错开一点点,这样折线会看不见,弯曲的纸条就会显得更圆、更可爱一些。

5. 找一个类似你要套上的食物大小的物品(因为不油腻,才不会弄脏纸环)。

6. 开始环绕剪出的纸条。每一圈如果都相差一点点的高度,绕出来的环就会很有层次。当然要试试看如果都维持在同一圈的高度,纸环看起来又有什么不同。

(答案:因为法国国旗的颜色是蓝白红。)

210

生活即教育:如果家家都有小小厨师

后 记

谢谢我共同工作的伙伴们

"安素"是病中、病后的疗养者的营养补充品。没想到它竟成了我们"小厨师"活动时工作人员的午餐。

小厨师虽然在九点报到,但是我们所有的工作人员八点就开始各项准备工作。孩子离开时,通常是三点左右,但伙伴们却不见得能马上用餐,大家总想着:要先把工作做完、要先把工作做完,无论我怎么催促,总是很难让她们把吃饭当成重要的事情来看待。

在工作这八个钟头之间,伙伴们虽然照顾孩子中途用餐、会后吃点心,但我却无法说服她们也同时吃些东西。于是"安素"就成了唯一可以为他们准备的体力补充品。

我想,这其实是无关时间调配的问题,应该说是一种兴奋与紧张的情绪作用,让我们在快节奏中无法静下心来好好进食。从没有伙伴给过我一声抱怨,但我心知肚明,大家是如何支持这个计划、在无言中响应我"既然为孩子举办，就要全心对待孩子"的信念。

我们没有任何人受过教育训练，只带着一份热情就展开了这样的活动。我的想法之所以能一路实行下来，完全是因为工作人员不断的付出与因观察而累积的默契。我相信，所有参加过小厨师的家长都可以感受到工作人员的不容易，而我更是一次又一次带着感谢的心过完举办活动的一天。

小米粉是我最得力的助手与重担的分承者，没有她，我不会有勇气这样把活动办下去。庭宜、惠萱与诗婷，虽然都只是十来二十岁的小女孩，但她们对孩子的耐心与体力付出，远超过我的期望。

要对你们说的，何止"谢谢"两个字！因为你们的帮助，使"小厨师"的理想因而汇集了更多的爱与美意。

附 录

我的幸福投资

Bubu,

  Nathan and Natalie loved you and your class very much! I really appreciate that I had the chances for the classes both for me and my kids…… THANK YOU!

  "Little Chef" class for me is a sweet and shocking experience! I used to be an elementary school teacher before in Taiwan, so I could definitely say what you did is NOT easy at all. It is so true that if we give kids chances and proper instructions, they will have tremendous potentials to prove to us how much they could do! You proved that to all the parents in the "Little Chef" class! The problem left to us is now how to persist what you have done in our normal daily lives……

  I still can't forget the class I attended……It's so good to see you as a real person talking and doing things in front of us! I had so much to say but didn't quite know how to express it that day…… It was such a full feeling that

I didn't know how to release……. Thanks for being so nice when answering my questions. I had been trying so hard to be the perfect mother, yet, not only exhausting myself completely, but also put a lot of pressure on my kids and my husband…… I shall keep your words in mind (there are too many to be quoted here)……

Just doing the unpacking now... and Natalie said... "Wow, look at our home and Bubu's restaurant... We should do something as soon as possible"……Now I have a little Bubu at home to remind me…….

——Wanling

蔡老师：

非常佩服您能启发每一个孩子的优势潜能！

很难想象您作为一个非教育从业人员，却能如此专业与热诚地带领每一个孩子，激发他内心对一份工作学习的成就感和肯定。

虽然我的孩子没参与，但我想对于每一个父母而言都是难以言喻的高兴，至少我看到在场的父母都有如此的心情。

今天我观察、发现孩子们在整个准备与服务的应对上是如此投入，这份投入就是最好的学习！

看到您对孩子们的诸多肯定，就知道您的热忱！今天一整天辛苦您了！

佩服您不会因为曾有人受伤就放弃给予学习机会，佩服您在一天的辛劳后继续为教育工作付出，我们感受到了！

以您的专业与细心，您不必再因担忧而失眠，每一次都会非常顺利圆满！

因为您给予他们信心、责任与专业!

再一次谢谢您!让我和家人可以如此贴近这一次的学习,享受美食,愉悦地领受到每一个孩子的学习成就!

——仰贤

亲爱的 Bubu 姐:

刚刚习惯性地打开您的博客时,意外发现您为小女迎曦寄的卡片,写下"学会与做完"这篇发人深省的文章。

首先要谢谢您,提供场地、人力,给孩子们这个实作的机会。那天实际参与,我们更深刻地理解到这样一场活动,Bitbit Café 每一个人所需花费的大量心神。

这个真实的经验对孩子而言非常难得。她总会想起那天的某些片段,与我们津津分享,脸上泛着微笑。我知道,那是在活动中充分地被尊重而自重、肯认真并更多地发掘自己潜在能力之后的笑容。我们也学习到很多。

迎曦利用时间完成卡片后,兴冲冲要赶快去投递,她希望一个星期以来一直想念着的阿姨、哥哥、姐姐们赶快收到——迫切得让我来不及添上我自己感谢的话语。我想,那是她的心意,就让她单纯而完整吧!

您贴出了这篇文章,我除了要谢谢您对迎曦心意的重视外,更要谢谢您让我在教养上某个长久的疑问仿佛找到解答的曙光。

她其实就是您文中说的那位您带着切彩椒的小学一年级生(即将升二年级,而不是二年级升三年级。那天的孩子中,她和好友彩瑢是年级最低的），看您叙述她如何专注地完成切彩椒的工作，并且做得不错，我的眼眶不禁发热起来。

平时，我们总在乎着她专注力不足而有些忧心，看来是我们没有使对力。细读您的文字，我有新的体认，希望能调整带她的方式。切彩椒的事，和以喷枪烤布丁的事，是她这十几天以来最常提及的。我想是因为发现自己的新能力，让她非常喜悦。

的确，我们平时太急于求"会"而太缺乏等待的功夫。谢谢您的提醒，虽然要当龟兔合体的孩子的母亲不太容易，但这却是我需要一辈子持续努力的功课。

——迎曦的妈妈（玮芬）

您好：

非常感谢Bubu姐提供了今天这个让小朋友大展身手的机会。

平常天爱一个礼拜的运动量不算少（二个小时跆拳道，一个小时游泳，五个小时围棋课及十四个小时直排轮课），但她今天竟然告诉妈咪："好累哦！"可见她真的是体验了很不一样的五个小时。

天爱说她今天学了点餐、小黄瓜切薄片、小黄瓜刨成长片、苹果切丁、送餐、收餐具、洗餐具，其中拿刀子切东西的工作让她觉得很有成就感。因为在家她会倒垃圾、洗马桶、晒衣服、洗米下锅、洗餐具，但妈妈还没让她拿过菜刀，所以这让她觉得充满新鲜感。

我很喜欢在Bubu姐的文章中感受到的家事所创造出来的幸福感及快乐感，因为这是我自认为最欠缺的一部分。从小做家事，但它对我的意义一直是责任和被当成男人的佣人（因为家里的男人都不用做家事，现在先生也觉得家事是女人的事），我希望慢慢教导天爱为家人做家事、为家人制造幸福。

感谢今天所有的工作人员教导天爱，让她度过了很不一样的五个小时。

——天爱妈咪

Dear Bubu：

你好！我是5月17日参加小厨师活动的凯翔的妈妈！写这封E-mail是想谢谢你尽心尽力地为我们安排了美好的一天！那天凯翔做（玩）得很开心，大人则是很感动！

上周日回家我跟他聊到当天的活动情况时，我看到他边说他的感觉，脸上边散发出光芒，那是一种真心的喜悦！我相信当天的活动于我、于他都留下了深刻的体验！

由于当我们进了餐厅坐下后，慧雅过来跟我说了凯翔很棒，一直进进出出很认真地做事，所以我在用餐期间又再观察了一下。真的耶！只见他小小的身影像巡逻警察一样到处察看，不时地问："请问有什么需要服务的吗？""可以收了吗？"那神态是非常认真尽职的！回家后我跟他说，我看到你很认真地在上菜、收盘子耶，他说因为在点菜或帮人家送餐收盘时，他看到客人的脸上露出笑容，心里也会跟着开心起来。另外，我提到洪兰老师那一桌，他还跟我说因为那一桌年纪大的人比较多，所以他会常常过去问他们有没有什么需要服务的，而且因为他们动作比较慢，所以要有耐心等一下。听到这话的当下，我是很惊喜的，惊喜于小孩细腻的心思，也开心他感受到了替人服务的乐趣!

我相信当天的活动在凯翔心中撒下了一颗种子,他切切实实感受到实作与服务的乐趣,不仅是妈妈在家的谆谆说教。犹记得之前开始教他做家事时,他是不甘愿的,他觉得为什么他要做家事?我坐下来跟他说这个家是我们三个人的,爸爸妈妈很爱你,我们愿意为你做很多事,但那并不表示我们应该为你做,我们要一起来分担这些家务。一开始当然挫折不断、冲突不断,但是在一次又一次的沟通下,现在他已经可以认同,甚至偶尔还看到他自己从中找乐子(虽然常常还是需要妈妈在旁耳提面命)!

从你的第一本书开始,我就是忠实读者,连我们家先生也全数拜读过你的作品。有一段你写过的话让我相当受用,想告诉你并谢谢你。以前是金融从业人员,所以生活节奏十分紧凑且讲求效率,或许因为如此,不知不觉也这样要求孩子。有一次凯翔的一位老师问我:"你是不是个相当讲求效率的人?"我愣了一下,说:"是啊!"她说太过讲求效率会给孩子太大的压力,我说:"我对凯翔的脚步已经放缓了,不是用大人的标准来看。"老师说还不够……

回家之后我省思了很久,后来又看到你在某篇文章的一段话,你说你虽然动作很快,但对收获的期待却总是很慢,很有耐心,对于教养孩子更是如此,我想就是这个态度吧。我要求做事要有效率,却忘了站在孩子的高度来看事情,我以为的放缓对他来说还是太快。从那之后,我时时提醒自己放慢脚步、耐心等待,虽然有时性急的我仍会有脱序的演出,但是慢慢地、慢慢地,我的脚步真的放缓了,而我看到小孩的心也放宽了!

最后,还是再次谢谢你为这些小朋友准备了这么棒的活动,我们也会继续朝着做个"好大人"的目标努力!

——凯翔妈妈

Dear Bubu 姐:

展信愉快!我是芷瑜与芷晴的妈妈,非常谢谢您提供孩子这么好的经验,让孩子有机会与您一起学习。

星期天,我们在回台中的路途上,孩子一直分享着当天的点点滴滴直到入睡。我跟孩子说:"我看到一位小姐姐总是很机灵地去做事情……真是厉害啊!"孩子马上跟我分享,说:"是不是长得……对,她是一个很负责任的人喔!"

从孩子口中说出"负责任"三个字时,我知道这不是一场扮家家酒的游戏,而是一次做事态度的学习。真的很谢谢您!

也很谢谢你们包容我们这群"太爱自己小孩的家长"。

我发现翁先生全程都没有开启闪光灯,真是让我佩服。我想这是你们给我的教导——"尊重"。

再一次,谢谢您与你们的工作团队。

——慧雯

Bubu 姐,您好。

我是 12 月 19 日小厨师思娴的妈妈,参加完小厨师的活动也将近一星期了。

虽然活动只有短短的几个钟头,可是感动却久久不能自已……

相信吗？思娴可以不厌其烦地把那天的过程完整地讲给六群人听。好可爱。现在大家都知道要如何剥虾跟煮拿铁了。

这一天，感动于 Bubu 姐及 Bitbit Café 工作人员的用心，也感动于小厨师的认真，带给我和先生一个美好的午宴。非常感谢！

我常常对着 Bubu 姐书中的文字反复咀嚼，期许自己能成为好大人，也觉得 Eric 大哥的相片，仿佛会说故事。

还没有参加小厨师之前，我常常在屏幕前因为这些照片里孩子专注的神情，或是 Bubu 姐在教导小厨师时的风采，感动得眼眶泛泪。

看着 Eric 大哥不停地穿梭四处，只为捕捉美好的镜头。好用心。

思娴看到自己的照片出现在新文章中也好兴奋呢！

餐后的会谈中，听到 Bubu 姐不疾不徐的温柔声音，心里想着：天啊！我上次温柔的讲话，应该是初尝爱情滋味时吧！

当妈妈后，真的离温柔越来越远……只剩下不停的叨念了。

所以，我在心里告诉自己：找回温柔，好好说话吧！

只是，不知道自己会不会肉麻到受不了？哈！

但是，只要开始，永远都不晚的！

——思娴妈妈

图书在版编目（CIP）数据

生活即教育：如果家家都有小小厨师/蔡颖卿著.——北京：北京时代华文书局，2020.12
（教养在生活的细节里）
ISBN 978-7-5699-4071-8

Ⅰ.①生… Ⅱ.①蔡… Ⅲ.①儿童教育—家庭教育 Ⅳ.①G782

中国版本图书馆CIP数据核字（2021）第014869号
北京市版权著作权合同登记号 图字：01-2020-1131

© 蔡颖卿

中文简体版透过成都天鸢文化传播有限公司代理，经由时报文化出版公司独家授权，限在大陆地区出版发行。非经书面同意，不得以任何形式任意复制、转载。

教养在生活的细节里
JIAOYANG ZAI SHENGHUO DE XIJIE LI

生活即教育：如果家家都有小小厨师
SHENGHUO JI JIAOYU RUGUO JIA JIA DOU YOU XIAO XIAO CHUSHI

著　者｜蔡颖卿
照片提供｜蔡颖卿

出 版 人｜陈　涛
选题策划｜陈丽杰　袁思远　叶嘉莹
责任编辑｜陈丽杰
执行编辑｜叶嘉莹
责任校对｜凤宝莲
营销编辑｜江　辰　嘉　慧
封面设计｜鲁明静
内文版式｜鲁明静　段文辉
责任印制｜訾　敬

出版发行｜北京时代华文书局 http://www.bjsdsj.com.cn
　　　　　北京市东城区安定门外大街138号皇城国际大厦A座8楼
　　　　　邮编：100011　电话：010-64267955　64267677

印　　刷｜河北京平诚乾印刷有限公司　010-60247905
　　　　　（如发现印装质量问题，请与印刷厂联系调换）

开　本｜880mm×1230mm　1/32	印　张｜7.5	字　数｜185千字
版　次｜2021年5月第1版	印　次｜2021年5月第1次印刷	

书　号｜ISBN 978-7-5699-4071-8
定　价｜52.00元

版权所有，侵权必究

生活即教育
如果家家都有小小厨师